Valérie Bordisco 12 ans.

FRANCINE PASCAL

Ne joue pas à ça

Traduit de l'américain par
José Lacaze

Sun Valley

HAUTE TENSION

L'édition originale de ce roman
a paru en langue anglaise chez Bantam Books, Inc., New York,
dans la collection SWEET VALLEY HIGH, T.M.,
sous le titre :
DANGEROUS LOVE

79, boulevard Saint-Germain, 75006 Paris.

1

« Je n'arrive pas à comprendre comment tu as eu la permission de maman pour prendre la Fiat ce matin », répéta Jessica Wakefield en ouvrant, côté passager, la portière de la petite voiture rouge. « Comment as-tu fait ?

— Je lui ai dit que c'était exceptionnel mais que j'en avais absolument besoin », répondit Elizabeth, en se glissant au volant.

Jessica, aussitôt installée, avait orienté le rétroviseur intérieur de façon à s'en faire un miroir, pour parfaire son maquillage. Elle s'était levée tard et n'avait pu se livrer à sa petite séance rituelle dans la salle de bain.

Comment Elizabeth pouvait-elle être toujours prête à l'heure ? Elle lui jeta un regard de biais. Evidemment, avec ses cheveux simplement retenus sur la nuque par un nœud de ruban bleu, son maquillage sommaire — juste un soupçon de blush et une touche de mascara pour allonger les cils —, son jean, son chemisier strict et son blazer bleu marine, elle ne perdait pas de temps à sa toilette.

En vérité les deux jumelles, qui étaient l'exacte réplique l'une de l'autre, n'avaient besoin d'aucun artifice pour être sans conteste parmi les plus belles étudiantes de Sun Valley High. Blondes, le teint très légèrement ambré, avec une peau de satin irréprochable et une taille de mannequin, toute comparaison ne pouvait être qu'à leur avantage.

Tout en fourrageant dans son grand sac à bandoulière pour en extraire sa trousse à maquillage, Jessica insista :

« Qu'est-ce qu'il y a d'exceptionnel, ce matin ? Du moins, d'après toi ? »

Tandis que sa sœur estompait soigneusement le blush qu'elle venait d'appliquer, Elizabeth cherchait une réponse. Elle ne tenait absolument pas à dire à Jessica pourquoi elle voulait emprunter la voiture. Celle-ci l'apprendrait bien assez tôt.

« La réouverture de *Dairy Burger* », répondit-elle enfin tout en remettant le rétroviseur dans la bonne position.

Comment n'avait-elle pas pensé à ça plus tôt ?

« Il faut absolument que je trouve quelque chose à dire dans ma rubrique "Les Yeux et les Oreilles", pour le journal. Je n'ai reçu aucune information cette semaine. Je pense que tout le monde sera à cette réouverture et que dans la foule je pourrai glaner des échos intéressants. »

Jessica eut une moue de doute : quelque chose, dans le ton de sa sœur, lui laissait soupçonner qu'Elizabeth n'était pas tout à fait sincère.

« La réouverture de cet endroit minable ne me paraît pas être l'événement du siècle ! D'autre part, tu pourrais bien faire tout un article sur le championnat de surf. N'oublie pas que Bill Chase a gagné ! »

Jessica avait terminé son maquillage. Maintenant, une glace dans la main gauche et son peigne dans la main droite, elle coiffait ses longs cheveux qu'elle laissait librement flotter sur ses épaules.

« C'est de l'histoire ancienne, répliqua Elizabeth. Cela date de la semaine dernière ! Tu devrais bien le savoir !

— Oh ! je t'en prie ! » coupa sèchement Jessica irritée.

Elle ne risquait pas d'oublier de sitôt, en effet, cette journée funeste qui s'était terminée pour elle par une terrible éruption de boutons sur tout le corps. Pendant deux jours elle avait dû rester cloîtrée dans sa chambre.

Pour se calmer, elle descendit la vitre de la portière. La petite brise du matin lui ferait du bien. Mais à huit heures il faisait déjà chaud sous un ciel sans nuage. La journée serait encore magnifique, à Sun Valley.

« Dis donc, Liz... On va baisser la capote ! D'accord ? »

Jessica était déjà tout excitée à cette idée mais, sur un ton péremptoire qui ne lui était pas habituel, Elizabeth trancha :

« Non ! Pas question.

— Pourquoi ? demanda Jessica surprise.

— Parce que... parce que non, voilà tout. Nous aurions trop d'air.

— Qu'est-ce qui t'arrive ? La matinée est splendide, nous avons la veine d'avoir la voiture, et... » Jessica s'interrompit soudain pour reprendre sur un autre ton :

« Au fait... Pourquoi avons-nous la voiture ? Hein ?... Je ne le sais toujours pas.

— Je viens de te le dire. Pour aller à la réouverture du *Dairy Burger*.

— Non, non, ça ne marche pas, Liz... Normalement Todd vient te chercher en voiture. Qu'est-ce qui se passe ? Et comment se fait-il qu'il ne vienne pas ?

— Qu'est-ce que tu en sais ?

— Si vous y allez c'est donc toi qui te déguises en chauffeur ? Il est arrivé quelque chose à sa bagnole ?

— Absolument pas.

— Alors qu'est-ce qui se passe ? Allez ! Raconte ! »

Elizabeth soupira et attendit d'être à un feu rouge, pour répondre :

« Todd ne conduira plus jamais sa voiture. »

Jessica était stupéfaite :

« Quoi ? !... » Puis elle se souvint brusquement. « Tu ne veux pas dire qu'il a acheté cette grosse moto dont il parlait tout le temps ! »

Elizabeth hocha la tête :

« Il devait en prendre livraison vendredi mais il n'a pas pu. Il est allé la chercher hier soir. Il l'étrenne ce matin pour venir au lycée.

— J'aurais dû m'en douter ! » ricana méchamment Jessica sans cacher le mépris et la hargne qu'elle éprouvait pour le copain de sa sœur. « Je n'ai aucune confiance en ce garçon. Il est là, proclamant sur tous les toits qu'il t'adore, et puis hop ! il achète un engin sur lequel il ne pourra jamais t'emmener nulle part.

— C'est faux. Il ne le sait pas, je ne lui ai pas dit.

— Tu plaisantes ou quoi ? Tu ne veux pas reconnaître que...

— Non. C'est la vérité. Todd croit que j'ai super-envie de faire de la moto.

— Mais pourquoi ?... Comment as-tu pu faire ça ! »

Jessica était choquée, déçue par l'attitude de sa sœur. Elle n'hésitait pas à mentir ou à dissimuler la vérité lorsque cela l'arrangeait, mais Elizabeth ! Elizabeth la fille la plus honnête, la plus franche du monde ! Elle qui prônait toujours de dire la vérité et qui le faisait ! Et puis ce sujet avait été maintes fois discuté à la maison et Elizabeth avait émis une opinion sans nuance. « Les motos ne sont que des engins de mort et je ne monterai jamais dessus même avec une armure ! » Jessica pour sa part en aurait vu avec satisfaction interdire l'usage dans tous les pays du monde. Est-ce que l'amour lui ôtait toute raison, toute prudence, et même tout sens moral, au point de lui faire oublier son serment ?

« Liz ! Après ce qui est arrivé à Rexy, comment peux-tu imaginer un seul instant que tu pourrais...

— Mais pas du tout, Jess ! Je n'ai pas l'intention de désobéir à papa et maman. Je n'irai jamais sur la moto de Todd, sois tranquille. Je suis déjà assez angoissée à la pensée qu'il va dorénavant rouler là-dessus. Mais je ne pouvais pas le lui dire ! Il était fou de joie. Je n'avais pas le droit de briser brutalement son rêve.

— Il risque de se tuer ! Raisonne un peu !... Si tu lui avais dit que jamais tu ne l'accompagnerais, il aurait sans doute renoncé à cet engin. Quand on aime quelqu'un on pense d'abord à sa sécurité.

— Quand on aime quelqu'un, on lui laisse la liberté de réaliser ses ambitions, quelles qu'elles soient... »

Elizabeth était sincère mais en même temps elle devait constater que Jessica venait peut-être de marquer un point. Quelle était la meilleure preuve d'amour ?

Leur cousin Rexy Wakefield avait été un garçon brillant, très beau, intelligent, à qui tous les espoirs étaient permis. Trois ans plus tôt, pour son seizième anniversaire, il s'était acheté une moto, en dépit de l'opposition de ses parents. Il ne l'avait pas depuis quarante-huit heures qu'à un carrefour il s'écrasait contre un break. Sa mort avait glacé d'horreur toute la famille, particulièrement Jessica qui avait pour lui une véritable adoration. Elle l'aimait autant qu'elle aimait leur frère aîné, Steven. Après ce drame, les Wakefield avaient fait jurer à leurs enfants de ne jamais monter sur une moto. Ce serment, ils étaient bien décidés à le tenir, notamment Jessica.

Lorsque Todd avait parlé à Elizabeth de cette moto, elle avait d'abord pensé qu'il s'agissait d'un rêve que, de toute façon, il ne pourrait pas réaliser. Mais par la suite, en le voyant faire des économies et placer cet argent à la banque, elle avait commencé à s'inquiéter. Peut-être le moment était-il venu de parler à Todd de la mort de Rexy et de lui avouer que jamais elle ne pourrait consentir à partager les joies qu'il se promettait. Mais elle n'avait pas pu.

Dès les premiers mots il avait ri, lui avait affirmé que sa peur était normale mais que, dès qu'elle aurait fait deux kilomètres sur sa moto, elle n'y penserait plus. Elle se laisserait emporter par la griserie de la vitesse, de la liberté. Elle deviendrait vite aussi passionnée que lui-même.

Si Elizabeth avait eu une autre nature, plus égoïste, non seulement elle aurait parlé plus tôt mais elle aurait supplié Todd de renoncer à son projet, par amour pour elle. Mais elle ne se reconnaissait pas le droit de faire ce genre de chantage. Pourtant, si elle l'avait fait, elle aurait certainement passé de meilleures nuits ! Car même en cette matinée, au volant de la petite Fiat, elle était rongée par l'angoisse : Todd allait-il arriver sain et sauf au lycée ?

Après un long moment de réflexion, elle regarda sa sœur :

« Comprends-moi, Jess. La moto de Todd est l'une de ces choses qu'il faut que j'apprenne à accepter. Si c'est la première j'espère que ce ne sera pas la dernière. C'est comme ça quand on est amoureuse !

— Et tu vas monter dessus avec lui ?

— Absolument pas. Cela n'a rien à voir...

— Ah ! tu crois ça ?... Ne sois pas stupide, Liz, regarde la réalité en face. Il y a un siège arrière, sur cette moto. Quand il te demandera de t'y asseoir, qu'est-ce que tu lui répondras ?

— Il l'a déjà fait. Il voulait m'emmener au lycée ce matin.

— Et tu l'as évité comment ?

— Je lui ai dit que je couvais un rhume et que je ne voulais pas attraper froid.

— Voilà pourquoi tu n'as pas voulu que je baisse la capote ! D'accord. Ça va pour aujourd'hui... Mais qu'est-ce que tu lui diras demain... et après-demain ? »

Elizabeth crispa ses doigts sur le volant :

« Ecoute... Je sais qu'il va bien falloir lui avouer la vérité. Mais j'ai peur qu'il le prenne mal. »

Devant le désarroi de sa sœur, Jessica décida de ne pas insister. Elle lui posa doucement une main sur l'épaule :

« Liz... Tu sais que Todd ne m'est pas des plus sympathiques, mais je suis sûre qu'il tient à toi. Et qu'il ne laissera pas une simple moto détruire ce qu'il y a entre vous.

— Je n'en suis pas si sûre, moi.

— Mais tu ne peux pas en rester là ! » La voix de Jessica montait d'un ton, impérative. « Plus tu trouveras d'excuses plus ou moins vraisemblables pour te dérober, plus cela lui deviendra suspect. Il imaginera je ne sais quoi... Il vaut mieux lui dire la vérité tout de suite avant qu'il pense que, ce que tu refuses, ce n'est pas vraiment sa moto, mais lui, lui-même ! »

Elizabeth y avait déjà pensé. D'entendre sa sœur le lui dire si brutalement la décida à agir. Elle allait avouer que sa décision était prise lorsque Jessica ajouta :

« Remarque bien que cela ne me ferait, à moi, ni chaud ni froid. Je ne comprends pas pourquoi tu t'entêtes à sortir avec ce dangereux maniaque de la moto. Il y a tant de beaux garçons qui ne demanderaient qu'à lui succéder et qui, eux, ont des voitures !

— Comme Danny et sa Trans-Am ? »

Danny Stauffer était le nouveau copain de Jessica. Elle sortait avec lui depuis peu.

« Exactement. Tu reconnais toi-même qu'il est beau gosse et qu'il a beaucoup d'allure. Ce serait l'occasion pour toi d'échapper à ton problème. »

Elizabeth haussa légèrement les épaules. Elle savait que Jessica ne comprenait rien au sentiment qu'elle avait pour Todd. Sa sœur, qui avait eu déjà de nombreux flirts, n'avait jamais éprouvé quelque chose de tendre et de profond pour aucun. Cependant, à sa manière, elle venait de prouver à Elizabeth à quel point il était important de dire à Todd la vérité. Elle avait raison : si Todd l'aimait, il comprendrait...

Il n'était pas encore arrivé lorsque les sœurs Wakefield se rangèrent au parking du lycée. Mais, alors qu'elle quittait la voiture, Elizabeth vit descendre du car scolaire Enid Rollins, sa meilleure amie. Enid serrait contre elle une pile de livres et elle avançait lentement, la tête un peu baissée, prenant garde à ne pas se laisser heurter par la nuée de gamins qui couraient autour d'elle.

Elizabeth aurait voulu, souvent, que les autres comprennent quelle fille épatante, brillante même, était Enid, mais c'était difficile : cette petite brune, au visage rond, ne se montrait sous son vrai jour qu'à très peu de personnes. Peut-être parce qu'elle était la plus jeune de tous les élèves de terminale. Elle avait sauté une classe à l'école primaire et depuis elle faisait l'objet de bien des moqueries. Surtout de la part des plus âgés de la classe.

En fait Enid ne se livrait guère qu'à deux personnes : Elizabeth et Georges Warren. Georges, son copain préféré, était aussi timide qu'elle, bien qu'il fût beau garçon.

Elizabeth lui fit un grand geste, en agitant la main :

« Enid ! »

Jessica regarda sa sœur d'un air apitoyé. Pour elle, Enid était vraiment tarte, mais Elizabeth était de ces gens qui s'intéressent justement à ceux qui n'intéressent personne et, pour elle, Enid était une amie épatante. Cependant, aux yeux de Jessica, il n'y avait vraiment rien de commun entre Elizabeth et cette « pauvre fille ».

Une flamme brilla dans le regard d'Enid quand elle vit Elizabeth. Ignorant Jessica, elle se dirigea vivement vers son amie qui l'accueillit chaleureusement :

« Hello, Liz ! J'ai quelque chose à te dire. »

La veille, elle avait passé une bonne partie du cours de gymnastique à parler de Todd et du problème qu'il posait à Elizabeth. Celle-ci espérait qu'Enid n'allait pas aborder à nouveau cette question. Tout était dit, son parti était pris.

Mais elle avait eu tort de s'inquiéter, il ne s'agissait pas de cela.

« Oh ! Liz, tu ne devineras jamais le nombre de noms que maman a retenus pour mon anniversaire ! Elle m'en a donné la liste ce matin. Et j'étais déjà sortie de la maison quand elle m'a rappelée pour me dire de rentrer très vite après les cours pour l'aider à faire les enveloppes et envoyer les invitations.

— Pourquoi ? ironisa Jessica. Tu as la prétention d'avoir tout le lycée ? Tu as déjà invité la moitié des élèves.

— Je sais. Mais maman insiste. Elle dit que mon seizième anniversaire est un événement très important. Elle a même fait imprimer les cartons d'invitation ! Tu imagines ça ?

— Des cartons d'invitation ! s'exclama Jessica en riant méchamment. Pour ta malheureuse petite fête ! Tu seras ridicule, ma pauvre. »

Enid rougit jusqu'aux cheveux. Elle n'avait jamais été capable de répondre aux railleries de Jessica.

Ce fut Elizabeth qui réagit :

« Si tu trouves cela stupide, rien ne t'oblige à répondre à cette invitation. N'y va pas, voilà tout. »

Jessica regardait au loin, vers l'entrée du lycée dont l'imposante façade de brique s'ornait de colonnes blanches.

« Oh ! ça va, lança-t-elle, laisse tomber !... J'aperçois Clara, là-bas. J'ai quelque chose à lui dire. A tout à l'heure, Liz. »

Elizabeth se tourna vers Enid :

« Moi, je trouve que c'est très gentil, de la part de ta mère, ces invitations. Cela prouve qu'elle tient à te faire plaisir.

— J'aurais aussi bien pu fêter ça au *Dairy Burger* », grogna Enid.

Une pétarade de moteur étouffa la réponse

d'Elizabeth. C'était Todd sur sa moto. Elle sentit son estomac se crisper, sa bouche se sécher. Elle était heureuse de le voir arriver sain et sauf mais cela signifiait, aussi, que le moment des aveux était venu. Elle allait devoir lui dire que jamais elle ne serait sa passagère. C'était d'autant plus difficile pour elle que ce matin Todd était plus beau, plus séduisant que jamais. Dans son attitude fière et virile de sportif, sur sa puissante machine noire, il était l'image même du conquérant. Il était vêtu d'un blouson de cuir souple qui mettait en valeur son corps mince et nerveux. Son casque noir, à la visière rabattue, laissait voir ses boucles brunes et, en bas, son sourire éclatant. Elizabeth ne lui avait pas vu un aussi large sourire depuis longtemps.

« Alors, comment *la* trouves-tu ? lança-t-il, s'adressant à elle. C'est une Yamaha 750 Virago. Une beauté, non ? »

Avant qu'Elizabeth ait pu répondre, Guy Chesney et Max Dellon, deux membres des *Droids*, l'orchestre du lycée de Sun Valley, étaient accourus pour admirer l'engin de près. Max caressa l'une des branches du guidon :

« Elle est extra !... Et puissante. Non ?

— Plus puissante que je n'en aurai jamais besoin. »

Guy approuva, la moue admirative :

« Mon vieux Wilkins, c'est impressionnant !...

Tu vas aller partout avec ça ? On ne vous verra plus l'un sans l'autre ?

— Chaque fois qu'il ne pleuvra pas. Et encore !... »

Guy se tourna vers Elizabeth :

« Tu en as de la chance, toi ! Tu vas en profiter au maximum, hein ? »

Elle approuva de la tête, l'air absent. Son regard restait fixé sur un objet suspendu au siège de la moto. *Son* casque, sans aucun doute. Il était rose, d'un rose soutenu, presque rouge. Les larmes qu'elle retenait lui piquaient le nez. Dire la vérité à Todd allait être plus dur encore qu'elle ne l'imaginait.

« Alors, Liz ? »

Il lui souriait, avec un clin d'œil :

« On l'étrenne ? Juste un petit tour avant que la cloche sonne. »

Fébrilement elle consulta sa montre de poignet :

« Ce n'est pas possible, Todd. Je me souviens que je dois voir M. Collins, au bureau de *L'Oracle*, avant d'entrer en classe. Il faut même que je me dépêche. A tout à l'heure ! »

Elle alla déposer un baiser sur sa joue puis, se retournant vers Enid :

« Il faudra que je te parle, dans la matinée. D'accord ? A bientôt. »

Elizabeth fut la première à quitter la classe après le cours de math. Il fallait qu'elle retrouve Todd pour lui dire pourquoi elle avait fui si rapidement le matin même. Elle ne pouvait plus remettre l'explication. Jessica avait raison. Eviter cette discussion risquait de tout détruire entre eux. *Détruire*. Elizabeth se répétait ce mot terrible. Depuis la mort de Rexy, il était synonyme de moto. Elle savait que cela était irrationnel. A la limite de la superstition. Elle connaissait un nombre considérable de motards qui n'avaient jamais eu d'accident. Elle n'en était pas moins persuadée qu'ils flirtaient avec la mort et qu'un jour *Elle* les aurait. Et à cette pensée un frisson la parcourut. Pourtant il lui fallait se libérer de cette hantise. Sinon la vie serait impossible, pour elle, sachant Todd — ou le croyant — constamment en danger.

Où le trouver ? Elle ne l'avait pas vu dans la file d'attente à la cafétéria, ni parmi ses copains de basket qui chahutaient dans le patio. En désespoir de cause elle revint à la cafétéria où elle retrouva des amis de Jessica.

Avant qu'elle ait pu ouvrir la bouche, Lila Fowler l'interpella :

« Ah, Liz ! Sais-tu quelque chose au sujet des auditions pour le spectacle de fin d'année ?

— Ce ne sera pas décidé avant plusieurs semaines, Lila. Dites-moi... avez-vous vu Todd, aujourd'hui ?

— Pourquoi ? Vous jouez à cache-cache ? »

Clara Walker intervint :

« Ne fais pas l'idiote, Lila. Tu ne vois pas que c'est sérieux ? Qu'est-ce qui se passe, Liz ?

— Rien, mais il faut absolument que je lui parle. Vous ne savez pas où il peut être ? »

Ken Matthews, qui passait, tenant son plateau garni, s'arrêta :

« J'entends que tu cherches Todd... Tu le trouveras dans le parking, avec son nouveau joujou.

— Merci, Ken. Tu es un ange. »

Elle gratifia son joueur de football préféré d'une amicale pression sur le bras et se faufila très vite vers la sortie.

Quelques minutes plus tard, elle s'approchait de Todd, occupé à astiquer les chromes de sa Yamaha. En entendant ses pas, il tourna la tête :

« Ah ! c'est toi, Liz... C'est incroyable ce qu'elle s'est salie juste pour venir au lycée. Il va me falloir passer le plus clair de mon temps libre à soigner ce joujou. »

En souriant il jeta son chiffon et serra Liz contre lui, pour une tendre étreinte :

« Comment va ma petite motarde chérie ? »

C'était la dernière plaisanterie qu'elle eût voulu entendre. Sentant sa détermination fléchir, elle se fustigea intérieurement, se dégagea et regarda Todd dans les yeux.

« Todd, excuse-moi d'avoir filé aussi vite ce matin... Je... »

Il l'interrompit :

« Ne t'excuse pas. C'est pas grave. Tu étais occupée... Je peux comprendre ça, tout de même.

— Merci. Je... »

A nouveau il lui coupa la parole :

« J'ai regretté seulement de n'avoir pas eu le temps de t'offrir ça. »

Il s'était penché pour déboucler le casque rose qui pendait toujours sur le côté de la moto.

« J'ai pensé que tu serais formidable avec un casque rose. D'abord, quand j'ai demandé au vendeur un casque rose, il a rigolé. Mais quand je lui ai dit que c'était pour ma copine, il a compris. Et il m'a dit que les filles adoraient les casques roses. On va voir comment il te va. Essaie-le. »

Il tentait déjà de l'en coiffer mais Liz le repoussa doucement :

« Non, je... Ce n'est pas la peine, Todd. »

Bien que déçu, il refusa de le montrer :

« Bon... écoute, si tu as peur d'aggraver ton rhume, on n'est pas obligés de faire un tour tout de suite. Je veux juste voir comment tu es avec ce casque.

— Non, Todd, je ne veux pas l'essayer.

— Ne me dis pas que tu as peur de te décoiffer. Si tu étais Jessica, d'accord, je comprendrais, mais toi... Eh bien, Liz, qu'est-ce qui se passe ? »

Elle avait les yeux pleins de larmes.

« Je n'ai jamais eu de rhume, Todd. J'ai dit ça... comme ça. »

Il semblait stupéfait :

« Mais pourquoi ?

— C'était plus facile que de t'avouer que je ne peux pas faire de moto avec toi. Pas aujourd'hui seulement, Todd. Jamais. »

Il faillit en laisser tomber le casque :

« Tu ne peux pas ? Pourquoi ? »

Elizabeth aspira une bouffée d'air :

« Parce que... Il y a quelques années un de

mes cousins s'est tué en moto. Dès cet accident nos parents nous ont fait jurer de ne jamais en faire.

— Mais pourquoi ne me dis-tu ça qu'aujourd'hui ? »

Rageusement il reposa le casque sur le siège de la moto :

« Tu sais que depuis des mois je rêvais d'en avoir une.

— Je ne savais pas quelle serait ta réaction. J'avais peur... »

Todd passa nerveusement ses doigts dans ses cheveux :

« Tu pensais que je pouvais préférer ma moto à toi ? Que je te laisserais tomber pour une moto ? »

Elle fit « oui » de la tête. Alors de ses deux mains il lui encadra le visage et lui sourit, de ce sourire qu'elle attendait sans oser l'espérer.

« Petite folle !... murmura-t-il en la serrant contre lui. Tu croyais donc compter si peu pour moi ? C'est pas croyable ! »

Quand il la lâcha, Elizabeth se jugea stupide d'avoir tant souffert pour rien.

« Alors... » reprit-elle.

Mais il l'interrompit, en lui posant son index sur les lèvres :

« Tais-toi. »

Il approcha son visage du sien et l'embrassa passionnément.

« Doutes-tu encore de ce que tu représentes pour moi ? »

Elle riait et pleurait nerveusement :

« Todd ! Tu comprends, alors ? Tu ne m'en veux pas ?

— Je comprends le sentiment que tu as pour moi, oui. La frayeur que t'inspire la moto, je la comprends aussi. S'il y avait eu un tel drame dans ma famille, j'aurais sans doute la même appréhension que toi. Je présume que ce que tu voudrais vraiment, c'est que je n'aie pas de moto du tout ?

— Je me fais du souci à ton sujet, mais je ne veux pas qu'à cause de moi tu te prives d'une chose dont tu rêves depuis si longtemps et dont, si tu t'en sépares, tu te sentiras frustré. »

Todd soupira profondément, soulagé. Dans sa joie il posa espièglement un petit baiser sur le nez d'Elizabeth :

« Je suis heureux que tu comprennes parce que je n'ai vraiment pas envie de m'en séparer. L'erreur des gens qui considèrent la moto comme un engin de mort est d'ignorer que les accidents, dans leur grande majorité, n'arrivent qu'à ceux qui ne savent pas réellement piloter une moto ou qui sont insuffisamment protégés. Je suis un bon motard, Liz. Et je suis toujours prudent. Ce qui est arrivé à ton cousin est terrible. J'en suis désolé pour ta famille, mais je suis encore plus désolé pour toi parce que tu ne connaîtras jamais l'autre aspect, l'aspect fantastique, exaltant, d'une course à moto.

— Tu penses que je me prive d'une joie incomparable, c'est ça ?

— Oui. J'en suis sûr. Par un jour comme aujourd'hui, ensoleillé et chaud, crois-moi, c'est le meilleur moyen de faire de la route. Je pourrais t'emmener dans les collines et tu sentirais le vent te caresser vigoureusement au passage. Tu pourrais tout voir autour de toi, les arbres, les oiseaux, et même la route sous un angle où tu ne l'avais jamais vue auparavant. En ce moment tu fais partie toi-même du décor, tu n'es qu'un élément parmi d'autres, tu ne le vois pas, tu ne le parcours pas, tu ne le domines pas. Quand tu es en voiture, tu n'es encore qu'un objet qui se déplace. En moto tu voles, tu es le vent, tu es l'oiseau, tu es le maître de tout ce qui t'entoure, et tu t'y plonges. »

Les yeux de Todd brillaient d'enthousiasme, de ferveur...

Elizabeth contempla une fois de plus la moto, source de tant de joie. Elle aurait bien voulu partager cette joie, mais elle ne pourrait jamais s'y laisser aller sans réserve. Penser que sa vie dépend d'un engin de deux cents kilos placé entre vos jambes, qui file, équilibré seulement par sa propre vitesse, à cent à l'heure, était épouvantable. Et il y avait encore autre chose. La couleur... Noire. Celle de la mort. Elle y voyait comme un symbole. Durant une seconde la vision de Rexy disloqué lui traversa l'esprit.

Elle secoua la tête pour la chasser : *« Cela n'a pas de sens ! C'est absurde. Ce qui est arrivé à Rexy n'a aucune raison d'arriver à Todd. »*

Todd l'observait tandis qu'elle continuait à fixer la moto sans vraiment la voir.

« Elle t'effraie toujours ?... »

C'était moins une question qu'une constatation.

« Oui. »

Il lui posa sa main sur l'épaule :

« Tu peux ne pas le croire, mais je te comprends. La première fois que je suis monté moi-même sur l'un de ces engins, j'étais très nerveux. Mais pas pour la même raison.

— Tu n'avais pas peur de tomber ?

— Non. En fait, la moto tient debout toute seule. La seule chose qui pouvait m'arriver c'était de commettre une faute. J'avais peur de moi, pas de la moto. Alors j'ai fait très attention. Pour ne pas avoir d'accident.

— Personne n'a envie de causer un accident.

— Mon Elizabeth Wakefield, telle que je la connais, est pratique, méthodique, précautionneuse », — dans le ton de Todd il y avait une trace de raillerie —, « mais elle n'est pas d'un tempérament à prévoir l'imprévisible, l'irrationnel. Du moment qu'elle écarte les causes possibles d'un danger, elle ne croit plus au danger. Pourquoi es-tu sûre qu'avec une moto seul le pire peut arriver et que le seul moyen de l'éviter est de condamner la moto ? Ce qui est arrivé à ton cousin est tragique, mais cela n'arrive pourtant pas à tous ceux qui font de la moto.

— Je le sais. Mais c'est en faisant de la moto qu'on encourt le risque. »

Todd réfléchit un instant avant de reprendre :

« Si tes parents levaient leur interdiction, changeaient d'avis, serais-tu prête à reconsidérer la chose ? Envisagerais-tu la possibilité de monter avec moi sur cette machine ? »

Sans le regarder elle affirma :

« Ils ne changeront pas. Ils aimaient beaucoup Rexy et ils nous aiment trop pour nous laisser risquer nos vies.

— On ne peut pas raisonner aussi simplement. On ne bougerait plus de chez soi de peur de recevoir un pot de fleurs sur la tête ! Crois bien que je n'ai pas l'impression de risquer ma vie chaque fois que j'enfourche ma moto. Verrais-tu un inconvénient à ce que je leur parle ? Si je leur explique à quel point c'est sans danger, ils se laisseront peut-être convaincre. »

Il la suppliait du regard et elle pensa qu'elle ne pouvait pas, une fois encore, décevoir ses espoirs. Bien que certaine de l'inutilité de cette démarche, elle céda :

« D'accord. Tu peux le leur demander. Ils ne verront sûrement aucun mal à cela. »

Elle ne s'attendait pas au large sourire heureux qu'elle reçut en remerciement.

« Ce soir ?

— Déjà ! » Le mot lui avait échappé avant qu'elle réalise ce qu'il avait de décevant. Elle se reprit. « D'accord, ce soir. A sept heures et demie. Ça te va ? »

A nouveau il la serra contre lui :

« Merci, Liz. Tu ne le regretteras pas, crois-moi.

— Je ne suis pas sûre que ces remerciements soient déjà mérités. Mais pour le moment, si nous voulons déjeuner, il faut nous hâter. Il ne nous reste qu'un quart d'heure.

— Seulement ? » Il consulta sa montre. « Hou là ! il faut que je me dépêche.

— Si nous y allons tout de suite nous aurons le temps de manger, tout de même. »

Todd parut gêné :

« Je suis navré, je ne peux pas déjeuner avec toi aujourd'hui. J'ai promis à Mandy et à Winston de les rejoindre.

— Pour quoi faire ?

— M. Merks nous réunit pour discuter d'un projet en cours. Nous devons réaliser une étude sur les mouvements écologistes qui essaient de sauver les baleines.

— Eh bien ! On dirait que tu vas être un monsieur très occupé !

— Jamais au point de ne pas avoir le temps de te voir, Liz. Rendez-vous au *Dairy Burger* en fin de journée ? OK ? »

Tout en le regardant s'éloigner en courant à travers le parking, Elizabeth souriait, soulagée. Comme il s'était montré compréhensif ! Elle était sûre que maintenant tout finirait par s'arranger.

Le parking du *Dairy Burger* était déjà plus qu'à moitié plein lorsque Elizabeth y pénétra avec la Fiat. Ayant trouvé un emplacement libre voisin de l'allée d'accès, elle s'y gara et jeta un regard sur le restaurant tout nouvellement réaménagé.

« Les frères Doherty ont bien fait les choses », se dit-elle, impressionnée par la façon dont les propriétaires avaient réussi à transformer l'établissement — naguère plutôt ordinaire — en un restaurant d'assez belle apparence qui, sans être luxueux, était accueillant et sympathique. Le changement le plus visible était la disparition de la façade lépreuse et du soubassement de carrelage blanc ébréché, remplacée par un placage de pin naturel légèrement patiné qui avait une certaine allure. L'enseigne au néon où l'on était habitué à lire D RY URGE avait disparu au profit d'une large bande de plastique sur laquelle se lisait, en lettres jaunes, le nom complet du lieu : DAIRY BURGER.

L'intérieur, complètement rénové lui aussi, l'était dans un style à la mode : bois et plantes vertes ménageant quelques petits espaces intimes de trois ou quatre tables chacun. Elizabeth pensa que les plantes vertes auraient vraisemblablement la vie courte mais ces boxes et leurs tables de bois clair remplaçaient plus qu'avantageusement les anciens guéridons, de plastique rouge craquelé et de formica, couverts de graffiti par plusieurs générations d'étudiants. Derrière le comptoir, les Doherty avaient placé contre le mur un tableau immense de la longueur du comptoir lui-même, où s'inscrivaient avec leurs prix toutes les consommations et plats divers proposés aux clients. A droite du comptoir s'ouvrait la porte donnant sur la salle de jeux où étaient installés maintenant la demi-douzaine de jeux vidéo qui, auparavant, encombraient la salle de restaurant dans le plus parfait désordre.

Pour fêter l'inauguration, cette salle était abondamment décorée de banderoles multicolores et de ballons portant le nom de l'établissement. Dès l'entrée on trouvait deux grandes boîtes contenant des T-shirts sur lesquels étaient imprimés *« J'aime Dairy Burger »*, le mot « aime » étant représenté par un cœur d'un rouge éclatant. Elizabeth en prit un puis se fraya un chemin à travers la foule jusqu'à l'une des tables restées libres. Elle mit son T-shirt au dossier d'une chaise pour réserver sa place et rejoignit la file d'attente au comptoir.

Tout en marchant elle parcourait la salle du regard. Le spectacle, pensait-elle, pouvait lui offrir tout un semestre de sa rubrique des « potins », « Les Yeux et les Oreilles », dont elle était chargée à *L'Oracle*, le journal du lycée.

Penché vers une table, presque au centre de la grande salle, là où il savait qu'on le verrait forcément, le célèbre Bruce Patman s'entretenait avec une brunette ravissante, aux cheveux très longs, qu'Elizabeth n'avait jamais rencontrée encore. Elle venait sans doute d'un autre lycée de la région quoique, connaissant Bruce, il fût bien possible qu'elle étudiât déjà à l'Université. Clara Walker, la meilleure amie de Jessica, était, elle, dans l'un des boxes, en train de partager la toute nouvelle spécialité du *Dairy Burger*, des beignets de palourdes, avec John Pfeifer, qui écrivait aussi dans *L'Oracle*. Elle pensa qu'il ne lui faudrait pas oublier d'interroger sa sœur à leur sujet : étaient-ils simplement bons copains, ou davantage ? Dans le box suivant, se trouvait

Bill Chase entouré d'une horde de filles, visiblement très excitées de se trouver en compagnie de cette nouvelle vedette, qui avait gagné dernièrement le championnat de surf. Auparavant, le pauvre Bill n'avait jamais eu beaucoup de succès auprès de ces demoiselles.

Robin Wilson et son copain Allen Walters étaient là aussi. Ils firent un signe amical à Elizabeth qui regagnait sa table chargée de son plateau.

« Viens ici, avec nous ! cria Robin.

— Merci, mais j'attends Todd.

— Je l'ai aperçu sur sa moto. Pourquoi n'es-tu pas avec lui ?

— Oh ! euh... Je suis venue avec la Fiat. »

En l'honneur de cette inauguration, Elizabeth avait décidé de renoncer pour une fois à son plat favori, un hot-dog au chili, pour essayer les beignets de palourdes. A la première bouchée cela lui parut bon mais le mélange des palourdes avec la mystérieuse pâte dont elles étaient enrobées leur donnait la légèreté d'une boulette de plomb fondu. Tout en s'efforçant de faire descendre les boulettes à grandes gorgées de limonade, elle pensait que les Doherty avaient encore des progrès à faire en cuisine.

Reposant son verre vide, elle regarda en direction du parking. Todd aurait dû être là. Qu'est-ce qui le retenait ? Déjà elle l'imaginait étendu sans vic sur la route, sa moto couchée près de lui, mais elle se reprit : « Tu dois croire en lui ! » ... Todd sait parfaitement conduire sa moto et il est parfaitement conscient de ses responsabilités. Rien ne pouvait lui arriver. « D'autre part, ma pauvre Elizabeth, si tu cesses d'avoir confiance en lui, tu vas devenir folle. »

Avant qu'elle ait eu le loisir de s'interroger à nouveau sur ce que pouvait faire Todd, et en quel endroit, elle vit la Trans-Am rouge de Danny Stauffer arriver au signal de stop installé par les Doherty à l'entrée du parking. A côté de lui, dans le siège baquet, il y avait Jessica.

Danny avait dû aborder trop vite le virage qui donnait accès au restaurant, car bien qu'il eût freiné à mort il ne put s'arrêter avant le panneau. Une camionnette était là, cherchant une place assez large pour se garer. Danny parvint à la contourner mais en accrochant un peu l'arrière du véhicule. Sans se soucier du léger dégât qu'il avait pu causer il continua, cherchant lui aussi une place.

Le conducteur de la camionnette, qui avait senti le choc et entendu le bruit, avait bondi de son siège, furieux.

En le reconnaissant, Elizabeth se mordit le poing et s'élança au-dehors. C'était Jerry Mc Allister ! « Oh ! là ! là ! gémissait Elizabeth, qu'est-ce que tu vas prendre, mon pauvre Danny ! »

Effectivement, Mc Allister était allé se planter devant la Trans-Am, terrible, les poings aux hanches. Ancien pilier de l'équipe de football de Sun Valley High, il avait été un plaqueur redoutable qui effrayait les équipes adverses, jusqu'à ce qu'un accident au genou, au cours d'un match, mette fin à sa carrière de sportif. Dégoûté des études, il avait tout abandonné, et quitté le lycée plusieurs mois auparavant. Il travaillait plus ou moins, maintenant, dans le bâtiment, mais il passait le plus clair de son temps dans des endroits comme le *Dairy Burger* ou, pis encore, dans des bars comme le *Shady Lady*, de l'autre côté de la rue. En dépit de son âge, la police ne l'avait jamais empêché de boire de la bière. Or, quand il avait bu plusieurs bouteilles, tout pouvait arriver !

Elizabeth ne savait pas s'il avait bu ou non mais elle s'inquiétait sérieusement pour Danny et Jessica, restés dans la Trans-Am maintenant immobilisée par le redoutable Jerry.

Danny, en voyant le visage menaçant du colosse, qui le regardait fixement, se décida à baisser sa vitre.

« Hé ho !... J'ai rien cassé, non ?... Alors laisse-moi passer.

— Sors de là-dedans ! »

Déjà un petit attroupement s'était formé, pour assister à la bagarre.

« Je parie Jerry à dix contre un », lança Bruce Patman.

Elizabeth eut envie de se retourner pour lui crier en plein visage : « Tu ferais mieux de les arrêter, imbécile ! » Mais elle savait pertinemment que Bruce ne risquait pas de s'exposer à recevoir un coup de poing, surtout pour défendre quelqu'un d'autre que lui-même.

Pâle, la peur se devinant sous sa face souriante, Danny sortit de sa voiture pour aller crânement affronter Jerry « le colosse ».

Saisissant la chance de se tirer elle-même d'affaire, Jessica avait ouvert sa portière et courait se réfugier auprès de sa sœur.

« Il est prêt à tuer Danny, j'en suis sûre ! » chuchota-t-elle.

Jerry, ayant pris Danny par les revers de sa veste, l'entraînait à l'arrière du véhicule.

« Regarde ce que tu as fait ! »

En voyant le très léger dommage qu'il avait causé, Danny se sentit plus à l'aise.

« Juste une éraflure. Ça ne se voit même pas. »

Il s'était écarté de Jerry mais celui-ci le happa à nouveau.

« Tu as besoin d'aller chez l'oculiste, mon vieux. Moi, je vois clair ! »

Le tenant toujours par les revers, il obligea Danny à faire le tour de sa camionnette.

« Regarde, regarde bien. Pas une marque, pas un gnon, rien ! C'était la perfection... jusqu'à ce que tu viennes t'y frotter ! »

Si peu rassuré qu'il fût, Danny éprouvait un certain soulagement en constatant que l'haleine de Jerry ne sentait pas l'alcool. Si ce garçon était capable d'une telle colère quand il était à jeun, qu'est-ce que cela devait être quand il avait bu ! Ce fut pourtant assez pénible lorsque Jerry le traîna jusqu'à la Trans-Am et le coinça contre le pare-chocs avant.

« Je vais te dire un truc ! J'aime pas qu'on touche à ma bagnole ! Tu piges ? »

Il ne lui avait pas encore fait mal mais Danny avait fermé les yeux, dans l'attente angoissée de ce qui allait suivre. Bien qu'il fût relativement bien bâti, et musclé, il savait qu'il n'avait aucune chance de vaincre Jerry qui, à nouveau, le prenait aux revers pour le renvoyer brutalement contre le pare-chocs. Il rouvrit les yeux, chercha du regard Jessica. Il savait qu'il venait de la perdre. Jessica n'aimait pas les vaincus. Et il n'avait aucun moyen d'avoir le dessus face à cette grande brute de Jerry. Tout ce qu'il espérait maintenant c'était qu'il se lasse de ce jeu cruel et « laisse tomber ».

Un bruit sourd attira soudain l'attention de Jerry. Il lâcha Danny pour aller vers l'endroit d'où venait ce bruit. Une moto noire longeait le chemin menant au *Dairy Burger*.

C'était Todd. Et il n'était pas seul. Une femme lui entourait la taille de ses bras.

Impressionné, Jerry regardait la moto comme un enfant regarde un beau jouet.

« Quel engin, dis donc ! C'est une Virago, hein ?

— Tu as gagné. »

Todd ôtait son casque, le posait sur le réservoir d'essence.

« Super ! Je crève d'envie d'en avoir une comme ça !

— Tu veux l'essayer ? »

Jerry n'en crut pas ses oreilles.

« T'es sérieux ? »

C'était la voix, le ton d'un petit garçon à qui on tendrait la clef d'une confiserie.

Il enfourcha la moto et Todd lui tendit son casque. Mais ce qui intéressait Elizabeth, au même instant, ce n'était pas cette scène étonnante, mais la personne qui descendait du siège arrière. C'était Mandy Farmer, la fille qui étudiait le sauvetage des baleines avec Todd. Lorsqu'elle ôta le casque rose, une masse de cheveux noirs croula joliment jusqu'à ses épaules. La brise les souleva, les fit voler un peu. Et Elizabeth sentit un frisson la parcourir.

C'était elle, Mandy, qui avait étrenné « son » casque !

De toute sa volonté, Elizabeth essaya de

refréner le sentiment de jalousie qu'elle sentait monter en elle. Elle savait qu'elle n'avait aucune raison d'être jalouse. Mais elle ne parvenait pas à chasser la vision de cette fille superbe entourant la taille de Todd.« C'est idiot de me laisser impressionner pour ça, se disait-elle. Je connais Mandy, elle est trop sympa pour... »

Vivement elle alla se mêler au groupe qui maintenant entourait Todd.

« Tu m'as sauvé la vie », disait Danny en lui serrant vigoureusement la main.

Ignorant la scène qui s'était déroulée avant son arrivée, Todd semblait perplexe.

« Tout ce que j'ai fait, c'est de proposer à Jerry d'essayer ma moto. Ce n'est pas un grand exploit.

— Je t'expliquerai », dit Elizabeth en se forçant à sourire.

Elle était allée jusqu'à Todd pour l'embrasser :

« Sur cet engin, tu as tout du chevalier en armure sur son fier destrier. C'est magnifique ! »

Elle était fière de lui, en dépit de la gêne étrange qu'elle ressentait.

Jerry fit sa réapparition quelques minutes plus tard. Il descendit avec une surprenante agilité.

« Tu en as de la chance ! Si un jour tu veux

vendre cet engin de rêve, n'oublie pas de m'en parler. Je suis preneur.

— Ne te fatigue pas, répondit Todd en reprenant son casque pour le suspendre. Cette moto mourra de vieillesse chez moi. Mais si un autre petit tour avec elle te tente, tu n'auras qu'à me le dire.

— Merci, Todd. A un de ces jours. »

Avec un signe amical de la main, Jerry retourna à sa camionnette. Mais, se souvenant sans doute qu'il laissait une affaire en cours, il s'arrêta et se retourna pour regarder Danny. Apparemment satisfait par l'expression de panique que ce simple mouvement avait provoquée sur les traits du pauvre garçon, il ne revint pas sur ses pas. Il se contenta de menacer, l'index levé :

« La prochaine fois, regarde où tu vas, ou tu auras *vraiment* une raison d'avoir la trouille. »

Cela dit, il partit.

Mandy tendait à Todd le casque rose quand John Doherty, l'un des propriétaires du *Dairy Burger*, vint jusqu'à lui :

« Ça aurait pu finir par une intervention de la police, une enquête chez moi, et tout le fourbi, si vous n'aviez pas été là. Venez. Pour vous remercier, je vous offre, à vous et à votre copine, ma nouvelle spécialité : un "clam spécial". Ce sont des palourdes en beignets. »

Elizabeth eut un haut-le-cœur à la pensée de devoir par politesse avaler une nouvelle fois ces beignets lourds comme le plomb, mais elle réalisa immédiatement que cette invitation ne lui était pas faite, à elle. John Doherty avait pris Todd et Mandy chacun par un bras et les entraînait vers le restaurant.

Avant qu'ils atteignent l'entrée, Todd l'arrêta :

« Merci, mais ma copine, c'est Elizabeth ! »

Il la désigna du doigt.

« Ah ? Bon ! Alors... "Clam spécial" pour vous et vos deux charmantes amies. »

Todd se retint de rire et regarda Elizabeth en roulant de grands yeux.

Le même soir, les jumelles étaient dans la cuisine, rangeant la vaisselle du dîner. Elizabeth rinçait les plats et les couverts. Jessica s'occupait de la machine. Jessica n'avait pas eu l'occasion de se trouver seule avec sa sœur depuis qu'elles étaient rentrées. Elle mourait d'impatience d'apprendre ce qui s'était passé au cours de la matinée.

Mais Elizabeth ne semblait pas disposée à rapporter en détail la conversation qu'elle avait eue avec Todd. Jessica comprit qu'il lui faudrait aborder elle-même la question.

« Todd, apparemment, n'est pas un garçon

qui aime à perdre son temps », remarqua-t-elle soudain.

Quand elle parlait de Todd, son ton devenait coupant comme une lame. Elizabeth faillit laisser échapper le plat qu'elle tenait.

« Je ne vois pas à quoi tu fais allusion ! »

Elle regardait l'eau couler sur le plat comme s'il était de toute première importance qu'il fût bien rincé.

« Allons donc, Liz ! Nous avons tous vu Mandy descendre de cette moto. Tu sais très bien de quoi je parle.

— Non. Pas exactement.

— Il est évident que Todd n'a pas l'intention de laisser le siège arrière de sa machine se refroidir. »

Elizabeth rinça encore soigneusement un autre plat avant de le tendre à sa sœur.

« Jess, je crois que tu vas un peu trop vite en besogne. Je voudrais avoir le temps de respirer. Tu veux bien ? »

Mais Jessica ne l'entendait pas ainsi. Elle savait qu'Elizabeth laisserait le problème la miner de l'intérieur à moins qu'elle ne la contraigne à en parler. La dernière chose au monde que voulait Jessica c'était de voir souffrir sa sœur et, tant que Todd aurait cette moto, les choses, pour elle, ne pourraient qu'aller de mal en pis.

« Ecoute, Elizabeth, tu n'as pas vu la façon dont Mandy s'accrochait à Todd ? Moi, personnellement, je ne trouve pas cette tenue innocente.

— C'est comme ça que se tiennent les passagers ! » répliqua Elizabeth d'un ton rageur, en tendant une assiette à Jessica avec une brusquerie impatiente.

Car, bien que Todd lui ait expliqué la chose, elle en était encore blessée. Elle n'aimait pas cela du tout, elle non plus.

« Il n'y a pas de quoi en faire un drame ! reprit-elle. Mandy et Todd travaillent ensemble sur un sujet donné qui demande beaucoup de documentation. Il l'a emmenée sur sa moto. C'est parfaitement normal.

— Tu peux voir les choses comme ça si ça te fait plaisir. Mais moi, non ! Un garçon qui emmène une simple passagère ne la laisse pas le serrer dans ses bras. Et tu le sais très bien. Au cas où tu ne l'aurais pas remarqué, il y a sur ces motos une barre d'appui, pour le passager.

— J'ignorais que tu en savais aussi long sur les motos. »

Jessica prit la saucière que lui tendait sa sœur et examina le contenu de la machine.

« Où est-ce que je vais encore mettre ça ? » murmura-t-elle pour elle-même.

Elle se décida à changer quelques objets de place pour trouver l'espace nécessaire. Puis, se tournant à nouveau vers Elizabeth, elle reprit :

« Au sujet des motos, sache que j'en sais assez, en tout cas, pour ne jamais tolérer que mon copain s'en achète une.

— Cela ne m'est pas plus agréable qu'à toi, mais je respecte trop Todd pour lui imposer mes volontés contre les siennes. J'accepte qu'il circule en moto, comme lui accepte que je refuse d'en faire autant.

— D'accord ! Mais alors, qu'il évite, au moins, de trimbaler d'autres filles avec lui.

— Mandy n'est pas une fille quelconque. Ils sont obligés de se voir puisqu'ils font un exposé ensemble. Et je te rappelle qu'elle est membre de *Super Alpha.*

— Cela ne donne aucun droit à l'une d'entre nous sur les copains des autres !

— Mais il n'y a rien entre Todd et Mandy ! Je t'assure.

— Peut-être... Pour l'instant. Mais à ta place, j'ouvrirais l'œil.

— Tu fais toute une affaire de rien du tout. De toute façon, Todd doit venir ce soir pour parler à papa et maman. Il veut les convaincre de lever leur interdiction. »

La porte du lave-vaisselle se referma avec un bruit sourd sous la poussée de Jessica.

« Tu ne vas pas me dire que tu es prête à faire de la moto pour lui faire plaisir ? »

La réponse d'Elizabeth fut des plus vagues :

« Bof... non... Todd affirme que c'est sans danger. Et il est exact que des milliers de gens font de la moto sans qu'il leur arrive d'accident.

— Et il y a des milliers d'autres qui en meurent, comme Rexy ! rétorqua Jessica, amère.

— Jess, je t'en prie. Reste calme...

— D'accord, je file. Je ne peux pas rester ici à t'entendre parler sans cesse de cette damnée moto. Si quelqu'un me demande, je suis chez Clara. »

Jessica tourna les talons et quitta la cuisine en trombe.

Elizabeth comprenait sa colère. Mais Todd n'avait pas tort non plus. Une moto peut être considérée comme un moyen de locomotion quelconque, pas plus dangereux qu'une voiture, lorsqu'elle est entre de bonnes mains. Il arrive aussi des accidents, parfois mortels, aux gens qui roulent sur quatre roues ! Et Jessica n'entrait pas en transe chaque fois qu'elle voyait une auto démarrer !

Comment les deux êtres qu'Elizabeth aimait le plus au monde — mis à part ses parents —

pouvaient-ils avoir des opinions si contraires et avoir cependant raison tous les deux ?

Et où tout cela la conduirait-il, elle, Elizabeth ?

Quelques heures plus tard Jessica en rentrant à la maison ne put s'empêcher d'entendre la conversation qui se tenait dans le salon. Son père disait :

« Nous apprécions votre démarche. Beaucoup de jeunes gens dans cette situation n'auraient pas eu cette délicatesse.

— Mais cela ne change en rien votre détermination, monsieur ?

— J'ai bien peur que non, Todd. Je suis sûr que vous êtes un conducteur très capable, et vous m'avez impressionné par votre sens de la sécurité, votre connaissance parfaite de tous les dangers et de la façon dont on peut les éviter. Mais je n'autorise toujours pas ma fille à faire de la moto. Même avec vous.

— J'espère que vous nous comprenez, intervint Alice Wakefield.

— Bien sûr. Je comprends que pour vous la sécurité d'Elizabeth soit la chose essentielle. J'avais espéré vous convaincre que sa sécurité était assurée avec moi, mais je comprends parfaitement vos craintes. Je vous donne ma parole que vous ne verrez jamais Elizabeth sur ma moto.

— Merci, Todd, répondit M. Wakefield. C'est une promesse que vous tiendrez, j'en suis certain. »

Todd quitta son siège :

« Il se fait tard, et j'ai encore du travail qui m'attend à la maison. Bonne nuit, madame... monsieur... Liz, tu m'accompagnes à la porte ? »

Elizabeth quitta le canapé où, en silence, elle avait assisté à l'entretien. Curieusement, elle était satisfaite de n'avoir pu en aucune façon influer sur la décision prise. Elle rejoignit Todd pour faire avec lui les quelques pas qui menaient à la porte. Jessica, sur la pointe des pieds, était déjà montée à sa chambre.

« J'ai fait ce que j'ai pu, murmura Todd en serrant les mains d'Elizabeth. Mais cela ne changera rien entre toi et moi, je te le promets. »

Elle fut soulagée d'entendre ces mots :

« Ça n'a pas d'importance que nous ne soyons pas dans le même véhicule, si le reste du temps nous le passons ensemble. D'accord, Todd ?

— D'accord. »

La serrant contre lui, il plongea tendrement son regard dans les yeux d'aigue-marine. Une ombre de sourire releva sa lèvre, d'un côté :

« Crois-tu que tes parents verraient un inconvénient à ce que je t'embrasse dans leur vestibule ?... Ou dois-je aller d'abord leur en demander la permission ? »

Cherchant à imiter l'attitude d'abandon chère à Jessica, elle répondit d'une voix un peu rauque, « sensuelle » :

« Il y a certaines choses que les filles peuvent faire sans l'approbation de leurs parents, mon cher... Et ceci en est une. »

Puis, avec un léger rire, elle entoura le torse musclé, de ses deux bras, et démontra à Todd que conduire une moto n'était pas ce qu'il y avait de plus important dans la vie. Il y avait d'autres choses aussi intéressantes.

« Je peux peut-être rester encore un peu ? proposa Todd lorsqu'il put parler.

— Non. Nous avons des devoirs à faire. Nous nous verrons demain. Et... Todd... — elle le regardait tendrement — veux-tu me faire plaisir ?

— Evidemment, je ne demande que ça...

— Téléphone-moi dès que tu seras rentré. D'accord ! »

Il comprit que cette exigence cachait encore une inquiétude dont elle ne parvenait pas à se défaire.

« D'accord. Mais sois tranquille, je vais rouler doucement. »

Elizabeth resta un instant adossée à la porte, avant de monter dans sa chambre. Elle ne réalisait que maintenant à quel point elle était soulagée que ses parents aient maintenu leur interdiction. Cette grosse machine noire avec l'éclat glacé de ses chromes l'effrayait vraiment. En soupirant, elle monta l'escalier et, une fois dans sa chambre, mit sur son bureau les livres dont elle avait besoin pour faire son devoir de français. Seul le travail parviendrait à chasser de son esprit les événements de la journée. Mais elle n'avait pas eu le temps de s'y mettre que la porte s'ouvrit devant Jessica :

« Liz ! Je voudrais te poser une question. »

Feignant d'être déjà plongée dans ses livres, Elizabeth répondit sans lever les yeux :

« Je n'irai pas sur la moto de Todd. »

Jessica le savait déjà. Pour elle, cette affaire était réglée. Elle eut un claquement de langue impatient :

« Ce n'est pas pour ça que je viens. »

Etonnée, Elizabeth pivota sur sa chaise et regarda sa sœur :

« Alors, que veux-tu ? »

Jessica, d'un bond, alla se jeter au beau milieu du lit en froissant le dessus satiné dont Elizabeth prenait toujours grand soin.

« Brian, tu sais ? Le cousin d'Enid.

— Eh bien, quoi, Brian ?

— Il vient ici pour son anniversaire. »

Elizabeth plissa le front :

« Ah oui ! Maintenant que tu m'en parles, je me souviens qu'Enid me l'a dit. C'est son cousin préféré, tu sais.

— Je suppose qu'elle est folle de joie. Il est à l'Université de Los Angeles, je crois ?

— Oui. En deuxième année.

— Quelle veine !

— Pour qui ?

— Pour moi !... Si tu veux bien m'aider. Tu n'as qu'à demander à Enid de me le présenter avant sa fête d'anniversaire. »

Elizabeth soupira :

« Oh !... J'ai un peu peur.

— Peur de quoi ? »

Jessica qui, jusque-là, avait montré un visage innocent, gentil, changea brusquement d'expression. Ses traits se durcirent, son regard s'incendia, elle releva le menton avec une arrogante fierté :

« Peur de gâcher la soirée de Brian en lui imposant une fille quelconque, une laissée-pour-compte ?

— Ce n'est pas du tout ce que je veux dire et tu le sais très bien. »

La pauvre Elizabeth était sûre qu'un jour ou l'autre elle serait coincée entre sa sœur et sa meilleure amie, mais elle aurait bien voulu que ce jour ne vînt jamais. Et voilà, elle y était. En plein, cela ne faisait aucun doute. Avec cette histoire de moto qui l'obsédait, elle n'était pas très sûre d'avoir les idées assez nettes pour se tirer sans dommage du nouveau champ de mines qu'il allait lui falloir traverser. Si elle calculait mal, elle risquait de froisser gravement l'une ou l'autre. Peut-être les deux à la fois...

« Ce qui m'ennuie, c'est de devoir demander à Enid de te rendre service. Après ce que tu lui as fait, Jess, tu ne manquerais pas de souffle de faire appel à son amitié. »

Jessica reprenait son air modeste, contrit, en reniflant comme une enfant grondée :

« Qu'est-ce que j'ai fait de grave, en vérité ? J'ai dit à son copain qu'elle avait un passé peu reluisant. J'ai fait ça dans son intérêt à lui. Je reconnais qu'envers Enid ce n'était pas chic. Mais c'est loin, tout ça ! Quand on commet une erreur, ou une faute, il est anormal qu'on vous la reproche jusqu'à la fin de vos jours. Qu'Enid m'en veuille encore, je le comprendrais à la rigueur, mais que tu lui donnes raison, alors là !... Ça me dépasse.

— Je ne lui donne pas raison, soupira Elizabeth.

— D'autre part, si Enid n'avait pas fait une dépression à cause de ce que j'avais dit à Ronnie, elle n'aurait jamais retrouvé Georges ! Et en réalité elle voulait sortir avec lui ! J'ai donc fait son bonheur, avec ma prétendue méchanceté.

— D'accord ! admit Elizabeth excédée.

— Donc, aujourd'hui, je suis en droit de demander un service à Enid. Elle me doit bien ça ! »

Elizabeth secoua la tête, effondrée par cette logique.

« Tu oublies un point, Jessica. C'est facile, aujourd'hui, de dire qu'en fait tout s'est admirablement terminé pour Enid mais tu as néanmoins cherché, à l'époque, à lui faire du mal. Et tu lui en as fait. Beaucoup. Car la sympathie que tu lui montres aujourd'hui ne t'étouffait pas, à ce moment-là. »

Jessica leva les bras vers le ciel comme pour en appeler à sa justice :

« Voilà que j'ai droit à une leçon de morale, maintenant !... Qu'est-ce que je vous ai fait, Seigneur ?

— Allons, calme-toi, Jess. Je vais... »

Mais Jessica était lancée dans les récriminations :

« Dis donc... Aujourd'hui... J'ai fait quelque chose, pour toi ! Est-ce que je ne t'ai pas aidée à régler ton problème avec Todd ?

— En un certain sens, à ta manière... Oui...

— Tu peux m'aider à ton tour en me rendant un petit service de rien du tout. Non ? »

Elizabeth savait bien que Jessica était en train de la manipuler mais elle n'était pas d'humeur à entrer en conflit avec elle.

« D'accord, je le lui demanderai. Mais si elle refuse, ne t'en prends pas à moi.

— Mais non. Je sais bien que tu feras de ton mieux. Comme d'habitude. »

Le lendemain matin, Elizabeth et Enid se retrouvèrent à l'arrêt du car.

« Il paraît que j'ai raté un événement, hier, et qu'il y a eu du spectacle ? demanda Enid les yeux brillants de malice.

— La fameuse réouverture ? Bah ! tout ce que tu as raté c'est un T-shirt gratuit et un plat immangeable.

— Mais aussi le sauvetage opéré par notre héros Todd Wilkins !

— Ce n'avait rien d'héroïque. Il se trouve qu'il est arrivé au bon moment. C'est tout.

— Oh ! Je pensais que tu serais la première à chanter ses louanges. »

Elizabeth n'en avait nulle envie. Curieusement elle aurait eu plutôt tendance, ce matin, à nier les qualités de Todd. Elle ne savait pas pourquoi. D'ordinaire elle aurait en effet raconté la scène de la veille en le mettant en valeur. Se laissait-elle, malgré tout, dominer par une jalousie sourde qu'elle se refusait à admettre ?

Il valait mieux chasser tout cela de son esprit pour le moment. Changeant de sujet, elle demanda :

« A propos, tu as fait ton plan pour tes invités ? »

Enid leva les yeux au ciel :

« Oh ! ne m'en parle pas. Maman nage dans l'extravagance. D'abord les invitations imprimées et maintenant le buffet ! Hier elle a fait une scène au traiteur. "Je n'ai pas l'intention de me servir chez quelqu'un qui considère que le porc en gelée est de la grande cuisine." »

Enid imitait la voix qu'avait eue sa mère, nasillarde et haut perchée.

Elizabeth protesta :

« Ce n'est pas si mal que ça, le porc en gelée !

— Je trouve aussi. Mais maman ne veut que des "mets de luxe". Elle délire ! Je ne serais pas étonnée qu'elle vous serve du caviar. Enfin, moi, j'ai tout de même réussi à envoyer toutes les invitations. J'en ai une pour toi, de toute façon tu es invitée mais tu pourras la garder en souvenir ! »

Elizabeth jugea le moment propice pour parler de Jessica.

« Et ton cousin Brian, il a eu aussi droit à un carton d'invitation ?

— Pas la peine, il arrive. Je ne te l'ai pas dit ? Il sera là vendredi.

— Ah ! c'est vrai, j'avais oublié. Je serai contente de le voir. Je ne l'ai pas vu depuis l'été dernier.

— Pour la bonne raison qu'il n'est pas venu à Sun Valley depuis !

— Je me souviens qu'il était charmant. Il l'est toujours autant ? »

Cette question était posée au nom de Jessica qui voudrait certainement être fixée là-dessus.

« Encore plus ! Il était plutôt un peu maigre mais il a pris du poids, des muscles. C'est devenu un très beau garçon !

— Je suis sûre que tu es impatiente de le voir.

— Ça, tu peux le croire ! A part toi, il est le seul à qui je peux me plaindre de maman. Mais pourquoi t'intéresses-tu comme ça à Brian ? Tu as quelqu'un à me proposer pour lui ? »

Devant cette question directe, Elizabeth sentit sa confiance s'estomper. Ce n'était peut-être pas l'instant rêvé pour parler de Jessica.

« Non, non. C'est simplement parce que je le trouvais très sympa. Je suis contente de savoir que je le reverrai bientôt.

— Je lui dirai. »

Enid avait bien senti qu'il y avait quelque chose de plus mais elle ne voulut pas obliger son amie à parler si elle préférait se taire.

« A toi ! Parle-moi de l'incident du *Dairy Burger*. Comment Todd a-t-il fait pour obliger Jerry à se dégonfler ?

— Il ne l'a obligé à rien du tout. Tout ce qu'il a fait, ç'a été de lui prêter sa Yamaha pour dix minutes.

— Ça devait valoir le coup d'œil.

— Oui. »

Le seul « coup d'œil » dont se souvenait Elizabeth c'était l'arrivée de Todd avec Mandy cramponnée à sa taille.

« Tiens ! » s'exclama Enid qui regardait vers le haut de la rue. « Justement le voilà, le grand homme ! »

Elizabeth se retourna, soudain inquiète. Todd arrivait sur sa moto. A vingt mètres il coupa les gaz et vint silencieusement jusqu'à l'arrêt du car.

Pour se rassurer elle-même sur les sentiments qu'elle éprouvait à son égard, Elizabeth alla à lui, souleva la visière du casque, et l'embrassa sur les lèvres.

« Bonjour à toi aussi », dit-il en souriant.

Puis il ôta son casque, descendit de moto, et la serra contre lui.

« Figure-toi que je venais te chercher. Et brusquement, dans ta rue, je me suis rappelé que je n'étais pas en voiture. Je suis vraiment bête ! Décidément, les habitudes mettent du temps à mourir.

— Je suis contente que tu te sois arrêté là. »

Pendant qu'ils s'étreignaient à tour de rôle, sans se décider à se lâcher, Enid fouillait dans son sac dont elle retira un paquet d'enveloppes d'un blanc crémeux. Elle en prit deux et les brandit à tour de bras.

« Hé, les tourtereaux ! Puisque vous êtes là ensemble, je peux aussi bien vous donner ça que le poster.

— Qu'est-ce que c'est ? demanda Todd en en prenant une tandis qu'Elizabeth prenait l'autre.

— Ouvrez-les, vous verrez bien. »

A l'intérieur se trouvaient des invitations accompagnées d'une petite carte de RSVP.

Todd émit un sifflement admiratif :

« Quelle classe ! Elle sont en quoi ? En soie ?

— Non, en papier. Du bristol, je crois. Mais ça coûte aussi cher que la soie. C'est vraiment du gaspillage !

— Ta mère estime que tu le mérites. Et moi aussi, je le crois. »

Enid rougit :

« Merci, Liz. J'en pense autant de toi, tu sais. Tu mérites tout, tout ce que tu peux recevoir de beau et de bon. Alors qu'est-ce que vous décidez ? Vous venez à ma fête ?

— Naturellement ! s'exclama Todd. J'ai très envie d'y aller !

— Tu es gentil.

— Tu sais que pour moi ça va être une journée chargée. Le même jour, c'est l'anniversaire de mon grand-père. Heureusement, il a prévu sa réception dans l'après-midi, comme ça je pourrai aller aux deux.

— Oh oui, je t'en prie. Je serais si contente que tu viennes.

— Est-ce que ça te ferait plaisir que je te fasse tout de suite un petit cadeau de préanniversaire ?

— Qu'est-ce que c'est ?

— Un tour à moto.

— Sans blague ! C'est vrai ?

— Mais un tout petit, hein ? Juste le tour du pâté de maisons.

— Chouette !... »

Ravie, elle tendait à Liz ses livres et son sac avant de courir s'installer sur la moto.

Alors qu'Elizabeth empilait les livres sur son bras replié, elle entendit Todd qui disait :

« Tu peux te cramponner à ce truc-là mais je crois que tu serais mieux en me prenant par la taille. »

Immédiatement, le sentiment de jalousie qui lui avait serré la gorge la veille la saisit à nouveau.

Une seconde plus tard, Enid et Todd étaient partis, filant le long de la rue jusqu'à n'être plus au loin qu'un petit jouet qui bientôt disparut.

Elle regarda dans l'autre direction, guettant le car. Elle aurait voulu qu'il arrive vite, vite et l'emporte pour l'arracher à ce décor où elle venait d'éprouver une souffrance dont elle avait atrocement honte. « Tu es méprisable, se disait-elle. Pourquoi ne peux-tu pas supporter la vue d'une autre fille sur la moto de Todd ? »

Moins de deux minutes plus tard elle vit arriver le car jaune du lycée. Mais le soulagement qu'elle éprouva fut gâté par la déception de n'avoir pas encore vu revenir la moto. Que faisaient-ils ? Un pâté de maisons, on en fait le tour en un rien de temps. Enid allait rater le car. Elle allait devoir faire le trajet sans elle. De plus, ils se demanderaient où elle était passée.

Non, cela, c'était stupide. Ils comprendraient tout de suite que le car était passé en leur absence. Et Todd, fatalement, emmènerait Enid au lycée sur la moto !

Pour la deuxième fois ses amies allaient voir une autre fille sur la moto de Todd tandis qu'elle débarquerait sottement du car, comme une abandonnée, une rejetée, toute seule...

A cette pensée elle éprouva un malaise. La tartine qu'elle avait mangée au petit déjeuner remonta jusqu'à sa gorge.

Refoulant ses larmes, elle grimpa dans le car et se choisit une place tout au fond, d'où elle pouvait tourner le dos aux autres, à presque tous les autres.

Elizabeth se demandait si elle pourrait supporter cela longtemps. Cela faisait deux jours que Todd avait sa moto et déjà elle s'imaginait que chaque fille qu'il transportait allait la supplanter. Même Enid, qui était certainement la dernière à vouloir lui voler l'affection de Todd, lui était suspecte.

L'accès de jalousie dont elle avait été victime lorsqu'elle attendait, à l'arrêt du car, et qui s'était calmé durant le trajet, s'était brusquement ravivé lorsqu'elle avait retrouvé Enid devant les casiers. Enid s'était élancée vers elle, heureuse, excitée, sa coiffure aplatie par le casque, les joues rouges du vent de la course. Il était clair qu'elle s'était bien amusée... mais Elizabeth n'était pas d'humeur à supporter ses commentaires. En silence elle lui avait tendu ses livres et était partie, sans se retourner. Elle n'aurait pas voulu se montrer aussi froide mais elle n'avait pu faire autrement. Il ne lui restait plus qu'à espérer qu'Enid l'avait compris et qu'elle ne lui en voudrait pas.

Durant tout le cours de chimie, cette préoccupation la hanta. Elle essaya, mais vainement, de s'intéresser à ce que disait M. Murdoch sur l'oxydation. Ensuite, il en fut de même pendant le cours de français de Mlle Dalton qui détailla les subtilités de conjugaison du verbe « savoir ».

Lorsque la cloche sonna, annonçant la fin des classes, elle en éprouva un immense soulagement. L'heure suivante pouvait être employée au gré de chacun dans la salle d'étude. Pour elle, cela signifiait une heure à *L'Oracle*. En écrivant son article, peut-être parviendrait-elle à chasser Todd de son esprit. Comme une somnambule, elle traversa le hall envahi par la foule des élèves. Si elle avait seulement tourné la tête pour répondre au salut d'un camarade, ou pris le temps de s'arrêter pour échanger quelques mots avec un autre, sans doute n'aurait-elle pas vu la scène qui la figea sur place alors qu'elle passait devant la bibliothèque dont les parois vitrées donnaient sur le couloir.

Todd était là, assis, consultant un livre. Tout contre lui, un bras passé autour de ses épaules, il y avait Mandy Farmer. Leurs têtes se touchaient...

Durant quelques secondes Elizabeth regretta de ne pas être Jessica. A sa place, Jessica serait entrée calmement dans la bibliothèque, en souriant, elle aurait embrassé Todd comme si de rien n'était, et elle aurait demandé, avec une superbe ironie, « si tout allait bien dans le monde des baleines ».

Tous ceux qui étaient alors dans la bibliothèque se seraient retournés pour ne rien perdre de la scène, en ricanant doucement, et Mandy Farmer y aurait regardé à deux fois avant de se frotter ainsi à Todd.

Mais Elizabeth n'était pas Jessica. Elle continua sa route, comme si elle n'avait rien vu.

Au bureau de *L'Oracle*, M. Collins était seul. Il en était le rédacteur en chef et l'un des professeurs les plus aimés du lycée. Entendant entrer Elizabeth, il leva les yeux des épreuves qu'il était en train de corriger et lui souhaita la bienvenue d'un sourire amical, qu'elle lui rendit, sans un mot. Le charme de M. Collins était évident et une fois encore elle en fut touchée. Avec ses cheveux d'un blond chaud, son pull bleu à col roulé, ses jeans et sa veste de tweed, il avait un chic désinvolte. Il n'était pas surprenant que toutes les filles aient — ou aient eu à un moment quelconque — un petit sentiment pour lui.

Il interrompit son travail, après quelques secondes, pour demander :

« Vous avez pensé à vos “potins” ?

— Je suis venue justement rédiger mon papier. »

Elle s'était mise derrière une machine à écrire, en prenant un air aussi serein que possible. Ayant rejeté sa queue de cheval en arrière, elle installa sur sa machine une feuille de papier et tapa le titre de la rubrique « Les Yeux et les Oreilles ».

Ensuite... Eh bien, ce fut tout. Rien ne lui venait à l'esprit. Elle ne pouvait penser qu'à Todd et à cette place vide, derrière lui, sur la moto.

Elle ne sut pas depuis combien de temps elle était ainsi, immobile, les yeux fixes, lorsqu'elle sentit la main de M. Collins se poser sur son épaule.

« Eh bien, Elizabeth ! Vous manquez d'inspiration aujourd'hui ? »

Elle leva la tête pour le regarder en soupirant :

« J'aimerais bien que ce ne soit que ça. »

Roger Collins prit une chaise et s'assit auprès d'elle :

« Si nous en parlions ? Cela irait peut-être mieux après. »

C'était curieux. M. Collins était toujours présent quand elle éprouvait le besoin de voir clair en elle.

« Pourquoi je suis venue au monde ? Qu'est-ce que je fais là ? Il y a des fois où je me le demande sérieusement ! »

Tout en parlant elle avait arraché la feuille de la machine et l'avait roulée en boule. Elle la jeta loin en visant la corbeille à papiers qu'elle rata, naturellement.

« Allons, allons, Liz. Les choses ne peuvent aller aussi mal que ça ! Qu'est-ce qui se passe ?

— En un sens, rien ne va mal. Mais, par ailleurs, rien ne va bien.

— Paradoxe classique ! sourit M. Collins en posant son menton sur sa main, le bras accoudé à la table. Je ne suis pas sûr de savoir ce qu'il y a là-dessous, et je serais ravi de l'entendre si vous vouliez bien essayer de m'expliquer. »

Comme si une vanne venait de s'ouvrir, les mots, brusquement, affluèrent. Elizabeth parla de Todd, de la moto, et de l'impossibilité où elle était de partager avec lui cette passion qui le tenait et, en fait, les séparait. Elle avoua sa crainte de voir Todd se désintéresser complètement d'elle pour se tourner vers quelqu'un d'autre, une fille qui aurait elle aussi la passion de la moto et en qui il trouverait alors la compagne idéale.

Quand elle se tut, M. Collins demanda :

« Me permettez-vous de vous poser une question ? Todd fait partie de l'équipe de basket, il me semble, non ?

— Oui.

— Pensez-vous qu'il soit intéressé par l'une ou l'autre des filles de l'équipe féminine ?

— Non, je ne pense pas.

— Et vous-même ? Envisageriez-vous de fréquenter un garçon parce qu'il partagerait vos goûts pour la littérature ?

— Bien sûr que non.

— Alors pourquoi croyez-vous qu'il suffise à Enid ou Mandy de monter avec plaisir sur sa moto pour qu'il les trouve désirables et dignes de sa tendresse ?

— Evidemment, si on voit les choses comme ça.

— Et pensez-vous vraiment qu'elles se conduisent mal en acceptant les promenades à moto que leur offre Todd ? »

Elizabeth protesta vivement :

« Non ! Oh, non !... Ça les amuse, il est normal qu'elles en profitent. Mais justement, monsieur Collins, c'est cela qui me tourmente. Je *sais* qu'il n'y a rien de mal dans leur attitude, ni dans celle de Todd. Et pourtant ça me rend furieuse. Je me déteste d'éprouver cela, je m'en veux, mais je ne peux pas faire autrement. »

M. Collins gardait le silence tandis que son

regard bleu, amical, rassurant, restait plongé dans celui d'Elizabeth.

« Alors ? murmura-t-elle. Je deviens folle ?... Ou quoi ?

— Pas du tout. Votre réaction est normale et prouve au contraire que vous êtes en excellente santé, au moral comme au physique. »

Elizabeth ne s'attendait pas du tout à cette conclusion. Cela lui parut tellement aberrant qu'elle éclata :

« Ça, c'est la meilleure ! C'est fantastique ! Je suis incapable de me comporter comme je voudrais le faire, je me laisse dominer par des sentiments que je suis incapable de contrôler et vous me dites que tout va bien ! Que c'est parfait comme ça !

— Je n'ai rien dit d'aussi optimiste. Je ne prétends pas que pour vous tout est rose. Ce que je dis c'est qu'il est normal, logique, d'éprouver de l'envie, de la jalousie et même de la haine. Tout individu doué de sensibilité éprouve ces sentiments-là. Et chacun doit être capable de les tenir en respect. Croyez-moi, Liz, vous n'êtes pas seule dans votre cas. Tôt ou tard, à un moment quelconque de sa vie, on les éprouve et on est contraint de lutter et de les vaincre. Si on a la volonté de le faire. »

A nouveau il laissa s'installer le silence pour

permettre à Elizabeth de réfléchir à ce qu'il venait de dire.

Elle n'avait pas besoin qu'il s'explique davantage. Elle savait que M. Collins avait subi l'épreuve d'un divorce pénible, que cela l'avait profondément meurtri, et combien ses rencontres avec son ex-femme au sujet de leur fils le laissaient abattu, pratiquement vidé de toute énergie pour un ou deux jours. Cependant il s'efforçait de toujours montrer à ses élèves une humeur égale et même un certain entrain, plaisantant avec eux comme à l'accoutumée. Seuls ses traits tirés et une certaine lassitude le trahissaient parfois.

Elizabeth décida de le prendre en exemple. Elle plaisanta :

« Que me conseillez-vous, alors, patron ?

— L'important est de ne pas nier vos sentiments. Je suis sûr que vous en viendrez à bout avec le temps. Ce qu'il faut pour cela, c'est vous agripper fermement à vos valeurs propres et garder en vous-même une foi totale. Croire en soi, sans complexe, en sachant ce que l'on vaut et en n'acceptant rien, de vos actes ni de vos pensées, qui vous diminue. C'est, j'en suis sûr, la meilleure solution. Mais une question encore : avez-vous parlé à Todd de tout ceci ?

— Non. Pas en ce qui concerne Mandy et les balades à moto.

— Faites-le sans tarder. Je sais que Todd tient à vous et qu'il ne fera rien, consciemment, qui puisse vous blesser. Une explication franche avec lui est peut-être ce qui peut vous aider le mieux à régler votre problème. Et à redevenir la fille sage et équilibrée que vous êtes en vérité. »

M. Collins avait certainement raison sur ce point. Todd, après tout, avait parfaitement admis les raisons qu'elle avait de ne pas vouloir monter sur la moto. Elle eut un sourire reconnaissant :

« Merci. Je crois avoir bien compris vos conseils et je vais essayer de les suivre.

— Eh bien, tant mieux ! Parce qu'il me faut votre article immédiatement. Vous ne sortirez pas d'ici avant de l'avoir rédigé. Je languis d'apprendre ce qui se passe dans ce collège et je compte sur vous pour cela, ma "commère" ! »

Maintenant qu'elle était débarrassée de toutes ces pensées confuses et désagréables, Elizabeth avait les idées claires. Elle commença par raconter ce qui s'était passé au *Dairy Burger* entre Jerry McAllister et Danny, et l'intervention miraculeuse du « chevalier motorisé », Todd Wilkins. Elle fit un autre écho sur la réouverture du restaurant en mettant en garde ses lecteurs : qu'ils prennent bien soin d'avoir digéré d'abord leur premier « clam spécial », dernière nouveauté culinaire de la maison, avant d'en avaler un second.

« Merci encore », dit-elle en remettant sa copie au rédacteur en chef.

Elle s'éloigna en pensant à la chance qu'elle avait de pouvoir se confier à M. Collins. Tant qu'il pourrait lui prodiguer d'aussi bons conseils, elle se sentirait capable de soulever des montagnes !

Elizabeth arriva de bonne heure à la cafétéria. Elle avait déjà remonté toute la file d'attente et choisi une table à l'extérieur, dans le patio, lorsque Enid arriva, portant avec précaution son plateau copieusement garni du « plat du jour » — des macaronis semblables à de petits tubes de caoutchouc — et du fromage.

Elle s'assit en face d'Elizabeth qui grignotait distraitement une carotte.

« Tout va bien pour toi, Liz ? »

Elizabeth fit « oui » de la tête en continuant à mâchonner.

Cela ne parut pas convaincre Enid qui fronça les sourcils :

« Hé ! Tu ne m'en veux pas d'être allée avec Todd sur sa moto, au moins ?

— Bien sûr que non !

— Tu en es bien sûre ? Je ne sais pas si tu t'en es rendu compte mais ce matin, au vestiaire, tu m'as lancé un de ces regards !... Brrr !... Pendant trois secondes je me suis demandé si tu n'étais pas Jessica.

— Excuse-moi, Enid, je ne l'ai pas fait exprès. Je crois qu'en effet je n'étais pas de bonne humeur. Mais tu n'y étais pour rien.

— Je n'ai pas pensé que cela pouvait te contrarier. C'était la première fois que je faisais un tour en moto et je me disais que ce devait être amusant. Surtout qu'on avait prévu juste un petit tour. Mais quand j'ai vu que j'avais raté le car...

— Oublie tout ça, Enid. Inutile de t'excuser. Très franchement, je suis contente que tu aies passé un bon moment sur cet engin.

— Ça ne se dirait pas, à ta tête !

— Ne fais pas attention. Je traverse un moment difficile.

— Je peux peut-être t'aider. Tu veux qu'on en parle ?

— Peut-être plus tard. Pas maintenant. »

Trop mal à l'aise pour regarder Enid en face, Elizabeth détourna les yeux, et se mit à observer ce qui se passait autour d'elle. Elle aperçut Jessica et Lila qui traversaient le patio et soudain elle se souvint de ce que lui avait demandé sa sœur, au sujet de Brian. Jessica n'était pas enchantée qu'Elizabeth n'eût pas encore trouvé le moment d'aborder cette question. Pourquoi ne pas le faire maintenant ? Un temps vaut l'autre. D'autre part, si elle reculait encore, Jessica risquait de s'impatienter et de prendre elle-même les choses en main. On ne pouvait prévoir, alors, ce que cela risquait de donner !

« Au fait, Enid, j'ai un service à te demander.

— Tout ce que tu veux. Si je peux, bien sûr...

— Crois-tu que tu pourrais présenter Brian à Jessica avant ta fête ? Ils pourraient y aller ensemble... »

Elle avait dit cela d'une haleine et le plus vite possible.

Avant de répondre, Enid mâcha longuement ce qu'elle avait en bouche, l'avala, réfléchit...

« Liz ! Tu sais que tu es ma meilleure, peut-être ma seule vraie amie au monde, mais... Non !

— Pourquoi non ? »

Elizabeth le savait fort bien mais elle espérait encore parvenir à convaincre Enid. Après tout, Brian, personnellement, serait certainement ravi d'avoir à passer la soirée avec Jessica. Quel garçon s'en plaindrait ?

« Si tu me sollicitais pour une autre, n'importe laquelle, je t'aurais dit oui tout de suite. Mais Jessica m'a trop profondément blessée, Liz, je ne devrais pas avoir à te le rappeler. Je ne le lui ai pas encore pardonné. D'autant plus qu'elle passe son temps à dire que pour elle je suis une demeurée, un parasite qui reste obstinément agrippé à sa sœur. Alors je ne vois pas pourquoi...

— Tss ! Enid... Il y a des mois que toi-même tu ne penses plus du tout à Ronnie. Tu l'as oublié... Et tu es très heureuse avec Georges. Autant qu'il l'est avec toi. Alors ?

— La question n'est pas là. Jessica ne s'est pas excusée une seule fois. Elle n'a jamais manifesté le moindre regret. Pourquoi lui ferais-je plaisir ? D'autre part, je croyais qu'elle sortait avec Danny Stauffer ?

— Oui. Mais je crois que c'est déjà fini, elle n'a pas apprécié qu'il s'écrase devant Jerry.

— Vraiment ? Eh bien, je ne veux pas qu'elle s'amuse de mon cousin de la même façon, sans le prendre au sérieux. Il mérite mieux que ça. Liz, je suis navrée, mais c'est non. Et je ne reviendrai pas là-dessus. »

Elizabeth allait renoncer lorsque Todd arriva en courant pour poser un baiser hâtif sur sa joue.

« Excuse-moi, je suis pressé. Un peu déboussolé, même. Je suis juste venu avaler un morceau et te dire que je ne pourrai pas te voir après déjeuner comme je te l'avais promis.

— Toujours cette histoire de baleines ?

— Hé ! Quoi d'autre ? Je suis sincèrement désolé mais Mandy m'attend à la bibliothèque. Elle est probablement dans les journaux, jusqu'au cou... et moi je devrais y être aussi. On se voit tout à l'heure ? O.K. ? »

Enid regardait Todd s'éloigner, avec ses longues jambes qui l'emmenaient à toute allure à travers la vaste pelouse.

Lorsqu'elle ramena son regard sur Elizabeth, elle vit que celle-ci semblait ailleurs, le regard fixe, les lèvres serrées.

« Hé ! reviens sur terre, Liz ! » Par jeu, elle tapa de son index replié sur le front de son amie :

« Y a quelqu'un, là-haut ? »

Elizabeth la regarda enfin :

« Excuse-moi.

— Si je ne te connaissais pas mieux que ça, je dirais que tu es jalouse. J'ai vu ta crispation quand Todd a parlé de Mandy. Mais voyons, Liz... Sois raisonnable ! Ils ne se voient que pour faire leur exposé ! »

Elizabeth soupira profondément :

« Mais il y a la moto, Enid ! C'est d'elle dont je suis jalouse. C'est elle qui me le vole.

— Qu'est-ce que c'est que cette histoire ! »

Maintenant qu'elle avait commencé, Elizabeth avait enfin envie de parler, de se confier à une oreille amie :

« Sais-tu pourquoi, ce matin au vestiaire, je t'ai regardée comme ça ? Parce que j'étais jalouse.

— De moi ? ! Pourquoi ?

— Parce que tu venais de partager avec Todd une joie que je ne peux pas partager avec lui... Lui que j'aime. Tu ne comprends pas ça ?

— Je savais bien qu'il y avait quelque chose. Je suis désolée, Liz. Si j'avais su ! Je te jure bien que... »

Elizabeth l'arrêta :

« Tu n'as rien fait contre moi. Tu comprends ? C'est moi qui embrouille tout. J'ai laissé cette moto me séparer de Todd et personne n'y est pour rien. Une machine ! Un tas de ferraille ! C'est aberrant... Elle me fait plus de mal que ne pourrait jamais m'en faire tout un bataillon de filles super-séduisantes ! »

À la fin des cours, alors qu'Elizabeth rangeait ses affaires dans son casier, Guy Chesney lui tapa gentiment sur l'épaule :

« Salut, Liz ! Comment va notre reporter bien-aimée ? »

Elle se retourna en souriant à l'organiste des *Droids*, dont le regard brillait de sympathie :

« Très bien, Guy. Merci.

— Je viens de rencontrer Tom et il m'a dit que tu ne rentrais pas avec lui. Ça te dirait d'aller faire un tour au *Dairy Burger* ?

— Bonne idée, j'allais prendre le car pour rentrer, mais ça c'est mieux ! »

Guy sourit plus largement encore et une fossette se creusa dans sa joue droite.

« Dans ce cas, par ici, ma chère. »

Il l'avait débarrassée des livres qu'elle portait et les mit sous son bras. Tout en la précédant dans le hall, il eut un geste vers les deux ou trois livres qu'elle avait posés sur une étagère et s'apprêtait à prendre :

« Donne-moi ceux-là aussi.

— Non, non, merci, ça ira comme ça. Et toi, ça va ? Le groupe, ça marche bien ?

— Très bien. J'ai écrit un tas de nouvelles chansons et je crois vraiment que Dana chante de mieux en mieux.

— Tant mieux ! J'ai eu peur que vous abandonniez après ce qui s'est passé avec ce crétin d'imprésario !

— Bof ! Comme le dit Max, si ça ne s'est pas fait c'est que ça ne devait pas se faire », conclut Guy avec philosophie.

Il faisait allusion à leurs espoirs déçus de voir leur groupe, les *Droids*, devenir aussi célèbre que les *Pretenders*.

« Rien ne dit que ça ne se fera pas un jour, protesta Elizabeth. Ça aura demandé un peu plus de temps, voilà tout.

— Au fait, lança brusquement Guy. Je ne t'ai encore jamais remerciée pour l'aide que tu nous as apportée par tous les articles dans *L'Oracle*. Et pour ton soutien.

— Cela m'a fait plaisir. J'aurais simplement voulu pouvoir vous aider davantage.

— Dans le fond, c'est très bien comme ça. Notre échec nous a permis de comprendre que nous n'étions pas prêts encore pour la grande aventure. Mais nous arriverons, j'en suis sûr. »

Ils atteignaient la voiture de Guy, un vieux break déjà démodé, dont l'arrière était bourré d'instruments de musique, dont un orgue électronique.

« Tu emportes ton orgue partout avec toi ? s'étonna Elizabeth.

— On ne sait jamais si quelqu'un n'aura pas envie d'entendre de la musique, quelque part, n'importe où... Dans l'immédiat je vais manger un morceau et après je dois aller chez Max pour une répétition. »

Elizabeth s'émerveillait du changement survenu en Guy depuis leur dernière rencontre. Il semblait détendu, confiant, très différent du garçon nerveux, toujours sous pression, prêt à faire un éclat dès que l'un de ses instrumentistes commettait une petite faute.

« Est-ce que vous jouerez à la fête d'anniversaire d'Enid ? »

Guy mit le moteur en route et sortit du parking en tenant son volant de la main gauche tandis que son bras droit restait posé sur le haut du siège occupé par Elizabeth.

« Oui, bien sûr ! Tu y vas aussi, toi ? Avec Todd, évidemment ?

— Hé oui, répondit-elle, en regardant à travers la vitre.

— Il en a de la veine, d'avoir une fille comme toi !

— Trop aimable !

— Je le dis parce que je le pense. Mais je voudrais te demander quelque chose.

— Je t'écoute.

— Pourquoi ne t'emmène-t-il pas sur sa moto ? »

Une crispation parcourut le corps d'Elizabeth. C'était peut-être la huitième personne qui lui posait cette question depuis le matin et elle commençait à en avoir vraiment assez !

« C'est moi qui refuse. Pour une raison qui m'est personnelle.

— Ah ?... Pourtant cela ne paraît pas t'être très agréable. »

Elizabeth s'assit plus droite sur son siège en un mouvement agacé :

« D'accord. Mais je n'y peux pourtant rien.

— Je te disais ça parce que... puisque Todd ne se sert plus de sa voiture, si un jour tu as besoin d'un chauffeur, ne te gêne pas. Je suis là. »

Guy avait très légèrement déplacé son bras droit, juste assez pour que, maintenant, il reposât légèrement sur les épaules d'Elizabeth. Elle s'avança un peu pour rompre ce contact. Elle sentait venir la suite...

« C'est très gentil, merci », dit-elle assez sèchement.

A nouveau elle sentait le bras de Guy sur ses épaules et il la serra un peu pour la rapprocher de lui :

« Dans une voiture fermée, c'est encore plus agréable que sur une moto... »

D'un mouvement sec elle se tourna franchement vers lui :

« Merci encore une fois, mais ça ne me tente pas. »

En même temps elle s'était presque collée contre la portière pour s'éloigner de Guy le plus possible.

Il protesta :

« Je te proposais cela en ami, tout simplement.

— Rien qu'en ami ? Alors d'accord, Guy. »

Elle avait eu un soupir de soulagement. Juste à cet instant ils pénétraient dans le parking du *Dairy Burger*.

Todd était déjà là, appuyé sur sa moto, guettant l'arrivée d'Elizabeth.

Elle se tourna vers Guy :

« Il faut que je te quitte. Merci de m'avoir amenée. A bientôt, j'espère ? »

Vivement elle était descendue de voiture et se

précipitait vers Todd. Mais Guy était descendu à son tour et la suivait de près en criant :

« Liz ! Tu oublies tout ton barda ! »

C'étaient ses livres, qu'il lui apportait. En les lui remettant sur les bras il ajouta, l'air engageant, les yeux plissés, par jeu :

« Pense quand même à ce que je t'ai dit, d'accord ? »

Elizabeth et Todd s'installèrent à une table, contre la baie vitrée. Elizabeth souriait mais Todd, lui, avait une expression plutôt hostile.

« Qu'est-ce qu'il a voulu dire par là ? demanda-t-il à Elizabeth.

— Rien du tout, répondit-elle négligemment, tout en commandant un "clam spécial" et un soda.

— Tu veux encore manger de ce truc-là ? s'étonna Todd. C'est franchement infect. Moi je prends un steak au fromage.

— Après tout, ils l'avaient peut-être raté, l'autre jour. On ne sait jamais... ils ont peut-être amélioré la recette ! »

Ils n'échangèrent plus une parole avant d'être servis. Puis ce fut Todd qui demanda, d'un ton sec :

« Veux-tu me dire ce que tu faisais dans la voiture de Chesney ?

— Qu'est-ce qu'on fait dans une voiture ? On se déplace ! Il m'a conduite ici. Voilà tout.

— Eh bien, je n'aime pas ça du tout, répliqua Todd sombrement en avalant une bouchée.

— Qu'est-ce que tu n'aimes pas ? »

Elle semblait elle-même très absorbée à dégager, avec les dents de sa fourchette, une palourde de sa gaine de pâte mollasse.

« Ça ne me plaît pas de te voir avec un autre garçon. »

Elizabeth écarquilla ses yeux verts comme devant une évidence qu'elle était loin de soupçonner :

« Mais, ma parole... Todd Wilkins, vous êtes jaloux ?

— Evidemment, que je le suis ! »

Elizabeth éclata de rire, sans se soucier d'être entendue, et quelques têtes se tournèrent vers eux.

« Veux-tu me dire ce qu'il y a de drôle dans tout ça ? » gronda Todd vexé.

Elle retint sa respiration une seconde pour se calmer :

« Excuse-moi, Todd. Je te trouve un peu injuste ! Parce que moi aussi j'ai pas mal gambergé ces derniers temps.

— Je ne comprends pas.

— Ton comportement, si tu veux le savoir, m'a rendue à moitié folle, depuis quarante-huit heures.

— Moi ? ! Mais qu'est-ce que j'ai fait ? Avec qui ? »

Il avait la main écartée sur la poitrine, l'air ahuri.

Elizabeth désigna du doigt le parking :

« Avec ton engin, là !...

— Tu veux dire ma moto ? Je croyais qu'il n'y avait plus de problème. Que nous étions d'accord...

— Moi aussi, je le croyais, jusqu'à ce que je t'aie vu hier avec Mandy, et ce matin avec Enid. »

Todd regardait fixement Elizabeth. Il cherchait à bien saisir le sens de ses paroles.

Finalement il comprit qu'ils avaient ressenti chacun la même chose sans s'en douter.

« Tu veux dire que tu es jalouse ? »

A son tour il éclata de rire, aussi librement qu'elle l'avait fait :

« Allons donc ! C'est ridicule, de ta part ! »

Puis il se pencha vers elle, assourdissant sa voix :

« Tu devrais mieux connaître mes sentiments pour toi.

— Et toi-même, Todd, tu n'aurais jamais dû imaginer qu'il pouvait y avoir quelque chose entre Guy Chesney et moi. Quelque chose à cacher... Tout ce que j'ai fait c'est de venir ici, depuis le lycée, dans sa voiture.

— Je pense que je n'en ai jamais douté, au fond... Mais j'ai reçu un choc quand je vous ai vus ensemble.

— Exactement comme moi. Je sais, *au fond*, qu'il est parfaitement normal que tu prennes Mandy sur ta moto. Mais quand je l'ai vue entourant ta taille de ses bras, je n'ai pu m'empêcher de penser que son contact t'était agréable... et que puisqu'il m'était défendu d'en faire autant, tu trouverais bien un jour quelque autre fille avec qui ce plaisir serait moins innocent.

— Tu aurais dû me dire tout de suite que cela te tracassait.

— Je suppose que je ne voulais pas paraître trop exigeante.

— Ce n'aurait pas été le cas. Et je ne veux pas qu'à l'avenir tu préfères te taire plutôt que de me dire ce que tu as sur le cœur. Je suis content que tu aies fini par m'avouer ça. Maintenant que je le sais, je ne proposerai plus à d'autres filles de monter sur ma moto.

— Todd ! Non, je ne veux pas que... »

Mais il eut un mouvement de tête solennel :

« Ce n'est pas à toi de vouloir ou non, c'est moi que ça regarde. Tu es la seule avec qui j'aurais vraiment plaisir à faire de la moto, par conséquent désormais ce sera toi ou personne. Je vais m'imaginer que tu es là, derrière moi, chaque fois que je roulerai. Ce siège arrière est réservé... et même si tu ne l'utilises pas, il t'appartient. Personne n'y a droit.

— Merci. Je ne pouvais pas espérer quelque chose de plus gentil.

— De toute façon, si cela t'inquiétait de voir Mandy me tenir par la taille, retourne-toi... et tu comprendras ton erreur. »

A quelques tables d'eux, en effet, Mandy était en compagnie de Winston Egbert, dans l'un des boxes. Ils semblaient se croire seuls au monde, échangeant des baisers passionnés.

Elizabeth haussa les sourcils, intéressée :

« Ça date de quand ?

— Ils se sont découvert un intérêt commun pour les baleines. Je t'avoue que quand ce travail sera terminé, j'en serai grandement soulagé. De les voir se comporter comme deux obsédés quand ils sont ensemble commence à me taper sur les nerfs. J'en ai une indigestion...

— C'est comme moi pour ces palourdes en beignets. Ça va comme ça... »

Avec une moue écœurée, Elizabeth repoussa son assiette.

7

*E*lizabeth faisait son devoir de français lorsque le téléphone sonna, le même soir. Pensant que c'était Todd qui l'appelait, elle bondit et décrocha alors que le second coup se déclenchait à peine. Ce n'était pas lui mais Enid, sa grande amie.

« Allô ? C'est toi, Liz ? Qu'est-ce qui se passe avec Todd, c'est le grand amour ? Quand je suis arrivée au *Dairy Burger*, à midi, vous étiez tellement occupés l'un de l'autre que je n'ai pas osé me manifester.

— Tu aurais dû !... Nous avons célébré la révélation d'une importante découverte : Elizabeth Wakefield n'est pas, comme elle le craignait, en train de devenir "la malheureuse au cœur brisé".

— Ah, bien, ça me soulage !... Je commençais à me faire vraiment du souci pour toi. Vous avez enfin trouvé une fin heureuse au “drame de la moto” ?

— Oui. Pour moi l’affaire est terminée. Je garde la première place et la moto n’a que la seconde. Ni plus ni moins. Quant à Todd, le fait que je ne monte jamais avec lui sur son engin ne change rien à ses sentiments pour moi.

— Formidable !... Mais je t’appelais pour autre chose. As-tu dit à Jessica que je ne voulais pas lui présenter Brian ?

— Oui. En rentrant. Elle ne l’a pas pris très bien. Au dîner, elle n’a presque rien mangé.

— C’est stupide. Parce que j’ai réfléchi. Et j’ai changé d’idée. C’est d’accord, dès qu’il arrive je le lui présente. »

Elizabeth ne pouvait en croire ses oreilles :

« C’est vrai ? Ça, c’est magnifique. Jess en sera ravie. Mais qu’est-ce qui t’a décidée ?

— J’en ai parlé longuement avec Georges. Et il m’a fait remarquer qu’il serait injuste de la punir pour ce qui s’est passé. Il m’a dit : “C’est fini, tout ça...” En la repoussant je ne parviendrais qu’à la rendre pitoyable à mes yeux, et c’est vraiment la dernière chose à faire quand il s’agit de Jessica. D’autant plus que Brian sera ravi de passer toute la soirée avec elle. Je viens de l'appeler pour le mettre au courant et il était très content. Il a hâte de la connaître.

— Et moi j'ai hâte de le lui annoncer.

— Tu peux tout de même attendre encore deux minutes ? Oui ? Parce que j'ai autre chose à te dire. Au sujet de maman.

— Elle a eu une nouvelle idée grandiose ?

— Ça devient vraiment exaspérant ! Elle s'occupe de tout ! Des moindres détails, de peur que les choses ne soient pas à son idée. Des fleurs, de la décoration, même des petits cadeaux — souvenirs destinés aux invités. Elle ne fait pas autre chose de toute la journée que de préparer cette fête. Alors que pour moi ça n'a pas tellement d'importance. C'est un anniversaire comme un autre.

— C'est l'âge de ton entrée dans le monde, Enid. Pour beaucoup de mères, c'est important.

— Mais non, c'est démodé tout ça !... C'est de la vanité et rien ne m'horripile autant.

— Je sais, murmura Elizabeth.

— J'en arrive à avoir le sentiment que... »

Comme Enid s'interrompait, son amie insista :

« De quoi ?

— Que ce jour a plus d'importance pour elle que pour moi. Non... ce n'est pas exactement ce que je veux dire. C'est plutôt que cela devient *sa* fête. Tu comprends ? Je n'en suis pas l'objet mais le prétexte. Ça te paraît idiot, ce que je dis ?

— Non. Je vois très bien. Mais si j'étais à ta place j'essaierais de m'en réjouir. Ta mère éprouve certainement un grand bonheur à préparer cette petite fête pour toi. Ne le lui gâche pas.

— C'est ce que tu penses ?

— Evidemment. C'est elle qui en a eu l'idée, elle se juge donc obligée de faire en sorte que tout soit parfait. Comprends donc, Enid, que c'est parce qu'elle t'aime. Beaucoup !

— Justement. Après tout le mal que je lui ai fait, je ne comprends pas. Je lui dois déjà tant... Ah ! c'est difficile à expliquer.

— Inutile. Je me mets à ta place. »

Oui, Elizabeth savait qu'Enid avait tant à se faire pardonner qu'une telle générosité l'accablait. Il n'était pas si lointain, le temps où ses problèmes familiaux avaient poussé Enid à fréquenter une bande de « loubards » et à se droguer.

« Oublie le passé, Enid. Tu as presque touché le fond à un moment de ton adolescence mais tu as survécu. Et maintenant tu es quelqu'un de très bien ! Je crois que ta mère est très fière que tu aies atteint tes seize ans d'un élan, sans fléchir. Il t'a fallu beaucoup de volonté et elle le sait. Elle ne l'espérait certainement pas. Qu'elle ait envie de fêter cette réussite avec éclat, c'est normal. C'est *votre* victoire, à toutes les deux.

— Quand tu m'expliques les choses comme ça, je le comprends. A ton avis, j'aurais tort de lui reprocher d'en faire trop ?

— Oui. Tu lui ferais de la peine et elle ne le mérite pas.

— D'accord ! Mais ce que je refuse c'est de la laisser m'entraîner dans cette folie. Franchement, Liz, crois-tu qu'il est essentiel de savoir si la décoration des tables sera jaune ou bleue ?... Au point d'en discuter avec le traiteur pendant des heures ? »

Liz ne put s'empêcher de rire :

« Non, évidemment... Cela me paraît un détail. Mais excuse-moi, Enid, il faut que je te laisse. Jessica doit être rentrée et je veux lui annoncer la bonne nouvelle. A demain... Merci ! »

Elizabeth raccrocha et partit à la rencontre de sa sœur, mais elle n'eut pas à chercher beaucoup : Jess était dans la salle de bain qui leur était commune, occupée à brosser ses longs cheveux d'or.

« Je n'aurais jamais dû essayer ce shampooing ! dit-elle à Elizabeth en voyant son reflet dans la glace. Regarde comme mes cheveux sont plats !

— Prends le mien. Surtout pour la soirée

d'Enid. Je sais que tu voudras être superbe pour Brian. »

Jessica en laissa tomber la brosse. Pirouettant sur elle-même elle prit sa sœur dans ses bras :

« Non ? ! Tu plaisantes ou quoi ?... Enid a changé d'avis ?

— Elle a décidé “d'oublier et de pardonner”.

— Je savais que cette fille reviendrait à la raison. Tu veux bien m'aider à chercher ce que je vais mettre pour cette soirée ? Si je suis avec Brian je ne peux pas porter un vieux truc dans lequel on m'a déjà vue plusieurs fois. »

Jessica s'était précipitée dans sa chambre et ouvrait toute grande sa penderie.

Le nombre impressionnant de cintres vides ne témoignait pas de l'indigence de sa garde-robe mais du dédain qu'elle avait pour l'ordre et le rangement. La moitié au moins de ses toilettes étaient dans le fond du placard, en vrac, par-dessus ou par-dessous la collection de chaussures qu'elle avait accumulées depuis qu'elle allait au lycée. L'autre moitié encombrait la chaise placée contre le mur, à la tête de son lit. Elizabeth n'avait jamais vu sa sœur trouver immédiatement ce qu'elle cherchait. Pour la bonne raison que cela ne lui arrivait jamais.

Tout en sortant de la penderie les quelques robes encore sur cintre, Jessica grogna :

« Il n'y a rien, là-dedans ! Oh, mais je me souviens... Il vaut mieux que j'appelle tout de suite Danny pendant que j'y pense.

— Pour quoi faire ?

— Pour lui dire que je n'irai pas avec lui à la fête d'Enid.

— Tu devais y aller avec lui ?

— Il me fallait bien quelqu'un ! Et c'est dans quinze jours à peine. Quand tu m'as dit qu'Enid refusait de me prêter Brian j'ai téléphoné à Danny.

— Mais je croyais qu'après cette histoire au *Dairy Burger* tu ne voulais plus entendre parler de lui.

— J'ai dit ça ? J'avoue que je n'étais pas très fière qu'il se soit laissé ridiculiser par Jerry mais, en fin de compte, même un garçon comme Bruce Patman n'aurait pas osé tenir tête à cette brute... Oh ! tu ne sais pas ? Lila m'a dit que Bruce avait envie de se remettre avec moi. »

D'après le ton de Jessica, Elizabeth comprit qu'elle en était ravie et même tentée. Cela l'inquiéta :

« Je ne pensais pas qu'il t'intéressait encore.

— Mais non ! Simplement, ça m'amuse... Je trouve ça drôle, c'est tout. »

Elizabeth n'était pas très convaincue. Après la façon dont Bruce l'avait traitée, il était pourtant incroyable que Jessica imagine un seul instant de renouer avec lui. Elle avait bien juré que jamais elle ne pardonnerait les humiliations qu'elle avait subies. Mais elle avait brûlé pour lui d'une telle passion que ce feu n'était peut-être pas tout à fait éteint.

Enfin, pour l'instant, ce n'était pas de cela qu'il était question.

« Alors que comptes-tu faire avec Danny ?

— Pour me dédouaner ? Oh ! je trouverai bien quelque chose, ne t'en fais pas. J'ai l'habitude... »

Elle avait dit cela sur un ton suave et léger, tout en continuant à explorer le contenu de sa penderie.

« Ah ! ça y est ! J'ai trouvé...

— Une robe pour la soirée d'Enid ?

— Mais non ! s'impatienta Jessica. Quelqu'un pour Danny. Je me souviens brusquement que Julie Porter m'a dit qu'elle n'avait pas de garçon pour l'accompagner. Ils se plairont beaucoup, j'en suis sûre. Décidément, je ne trouve rien de mettable. Tu n'aurais pas quelque chose à me prêter, Liz ? »

Elizabeth se sentait trop heureuse, trop soulagée de ses propres problèmes pour n'être pas généreuse :

« Si, sûrement ! On va voir ça... Tu te souviens de cette robe en soie, avec des manches bouffantes ? Elle t'irait à merveille ! »

Elle avait récupéré un tel moral que sa sœur

aurait pu piller sa garde-robe sans qu'elle en éprouve le moindre ennui. En ce jour où Todd et elle prenaient un nouveau départ après tant d'angoisses, il fallait que tout soit merveilleux, sans un nuage, pour tous ceux qui l'entouraient.

Et c'était le cas. Enid avait Georges et organisait une super-fête. Mandy avait Winston. Et maintenant Jessica avait Brian.

La fête serait formidable ! Elle avait hâte d'y être.

Le Country Club de Sun Valley n'avait jamais été aussi magnifique ! Ce fut l'impression que ressentit Elizabeth en pénétrant dans la salle de danse, au rez-de-chaussée du bâtiment principal, en compagnie de Jessica et de Brian.

La décoration était fastueuse. La mère d'Enid avait vraiment fait des merveilles, sans regarder à la dépense. La grande salle était méconnaissable, transformée en jardin de rêve, avec des fleurs multicolores et des plantes vertes masquant les murs, ornant les coins, formant même, par endroits, sur le sol, des corbeilles. Sur chaque table était posé un vase orné de fleurs jaunes et de fleurs bleues — concession faite au goût d'Enid — et tout au fond de la salle, contre le mur, un arrangement floral particulièrement élaboré était traversé d'une banderole sur laquelle on lisait *Heureux anniversaire, Enid.*

« C'est vraiment magnifique ! s'exclama Elizabeth.

— Il y a trop de fleurs ! On étouffe ! décréta Jessica.

— Ma tante adore les fleurs, expliqua Brian. Pour ma part je trouve que c'est très réussi. »

Jessica s'empressa de protester :

« Mais moi aussi, je trouve que c'est très beau. Un peu chargé mais c'est adorable, dans l'ensemble. »

Elle ne voulait pas risquer de mécontenter le moins du monde ce garçon qu'elle considérait comme le type même de la perfection masculine.

« Moins adorable que toi », murmura Brian.

Ce n'était pas original, et il fallait s'attendre à cette réplique. Mais Elizabeth jugea qu'en l'occurrence, c'était exact. Après bien des recherches et des hésitations, Jessica avait enfin trouvé la toilette qui convenait pour mettre en valeur sa beauté. Une robe en satin, blanc et noir, tenue simplement par de fines bretelles. Avec ses cheveux d'or délicatement ondulés et à ses oreilles de longs pendants de strass qui dansaient à chacun de ses mouvements, Jessica avait vraiment une allure de star.

Brian était exactement le garçon qu'il fallait

pour accompagner cette créature de rêve. Le couple qu'ils formaient était sensationnel. Avec son pantalon gris anthracite parfaitement coupé, sa chemise oxford et son mètre quatre-vingt-deux, il était plus beau encore qu'Elizabeth n'en avait gardé le souvenir. Elle se dit qu'il faudrait remercier Enid d'avoir consenti à donner un tel partenaire à sa sœur. Pourvu que Jessica elle-même ait la délicate pensée de le faire !... Malheureusement il ne fallait pas trop y compter.

« Si nous allions voir ce qu'il y a au buffet ? proposa Brian en désignant la longue table étincelante d'argenterie qui était face à eux.

— D'accord ! approuva Jessica. Et toi, Liz, qu'est-ce que tu fais ? »

La question en elle-même était une indication : Jessica désirait maintenant que sa sœur les laisse seuls.

« Moi, je reste là. Todd va arriver d'une minute à l'autre.

— Très bien. Et ne te fais pas de souci. Brian et moi, nous t'emmènerons au club, après le souper. »

En dépit d'une certaine réticence de la part de Jessica, Elizabeth avait fini par obtenir la promesse de sa sœur qu'ils l'emmèneraient jusqu'à *La Caravane*, une boîte nouvellement ouverte à Sun Valley, et où Enid comptait que ses invités termineraient la nuit. Cela faisait partie du programme offert pour son anniversaire.

Jessica avait commencé par protester lorsque Elizabeth lui avait demandé ce service :

« Je ne vois pas pourquoi Todd ne louerait pas une voiture, pour une nuit !

— Ah ! ne recommence pas avec ça ! avait menacé Elizabeth, l'index levé.

— Bon, bon, d'accord... Tu as raison, on va là-bas pour s'amuser, ne commençons pas à nous chamailler. »

La nuit était chaude, il y avait clair de lune. Elizabeth décida d'aller attendre Todd dehors, d'autant plus qu'elle était bien embêtée d'être encore seule. Il y avait sur la terrasse des sièges d'osier confortablement garnis de coussins. Et c'était un observatoire idéal pour voir ses amis arriver. Presque tous les élèves de sa classe étaient invités : Clara Walker et Ken Matthews, John Pfeifer, Winston et Mandy, Caroline Pearce, Penny Ayala, Lila Fowler et Tom McKay, Bruce et la petite brune entrevue au *Dairy Burger*. Les autres étaient déjà à l'intérieur, dansant sur la musique des *Droids* ou se restaurant au buffet.

Au bout d'un moment, Elizabeth retourna dans la grande salle. En se dirigeant vers le buffet elle vit Enid et se précipita vers elle. Enid était délicieuse dans la robe longue, bleu turquoise, qu'Elizabeth l'avait aidée à choisir la semaine précédente. Georges était à son côté, radieux de voir enfin sa chère Enid vedette d'une fête.

« Je t'attendais, dit Enid à son amie. Et je commençais à m'inquiéter. J'ai vu Jessica, mais pas toi. Où est Todd ?

— Pas encore là. Tu te souviens que c'était aussi l'anniversaire de son grand-père... Ça a dû durer plus longtemps qu'il ne le pensait. »

Ce qu'elle ne disait pas, c'est qu'elle commençait à s'inquiéter à la pensée que Todd avait peut-être eu un accident sur la route.

Enid la prit par le coude, l'entraîna :

« Ne reste pas là. Viens manger quelque chose. »

Gamine, elle lança un baiser dans l'air :

« Tu vas voir, le buffet est super !

— Pas de caviar, tout de même ?

— Non. Mais il y a ces petits trucs aux crevettes et ces bouchées au fromage qui sont extra ! Et du porc en gelée, après tout... »

Elizabeth sourit :

« Tu es contente, maintenant, que ta mère ait fait tout ça ? »

Enid baissa les yeux :

« Oui... En somme, c'est gentil de sa part. »

Elizabeth observait autour d'elle, tout en grignotant. Et soudain, elle s'exclama :

« Mais c'est M. Collins, qui est là-bas ! Non ?

— C'est bien lui, tu ne te trompes pas. Comme maman ne pourra pas nous accompagner tout de suite à *La Caravane*, parce qu'il faut qu'elle remette tout en ordre ici avant, elle a demandé à M. Collins de nous servir de chaperon. Et il a accepté. C'est drôlement chic de sa part, tu ne trouves pas ?

— Ça me fait plaisir qu'il soit là parce que j'ai justement besoin de lui parler. Tu m'excuses, Enid ? Je vous rejoins dans trois minutes. »

Elle alla jusqu'au bout de la table où M. Collins finissait de manger des hors-d'œuvre.

« Il faut que je vous remercie encore une fois, monsieur. »

Il leva la tête et lui sourit :

« D'avoir discuté avec vous, l'autre jour ?

— Pour ça... et pour bien autre chose encore. Vous m'avez aidée à remettre mes idées en place ! dit-elle en riant.

— C'est l'une des fonctions essentielles d'un professeur de lycée. Je suis content si tout va mieux pour vous.

— Ça ne peut pas aller mieux ! J'ai tellement de chance d'avoir Todd ! Il est compréhensif, gentil, et tout... Je ne dirai jamais assez de bien de lui. »

Se rapprochant, elle chuchota d'un ton de conspirateur :

« Mais ne le lui répétez pas, surtout ! »

Jouant le jeu, M. Collins l'imita :

« Soyez tranquille. Mes lèvres resteront scellées sur ce secret. »

Elizabeth avait goûté à tout et traînait dans la pièce, nerveuse, sans savoir que faire d'elle, lorsqu'on vint lui dire que Todd l'appelait au téléphone. Ainsi qu'elle le soupçonnait, l'anniversaire du grand-père s'était prolongé. Et Todd avait cependant encore quelque chose à faire avant de la rejoindre au Country Club. Après lui avoir parlé Elizabeth se sentit mieux. Ses craintes n'étaient pas justifiées. Mais elle se demandait s'il allait en être toujours ainsi. Est-ce que, par la faute de cette moto, elle ne pourrait plus désormais s'empêcher d'imaginer le pire dès que Todd serait en retard à leurs rendez-vous ?

Refoulant toutes les questions qu'elle se posait, elle prit la résolution de n'y plus penser et de s'amuser au maximum en attendant que Todd la rejoigne. Winston et Georges l'y aidèrent en la faisant danser. Mais à minuit moins quelques minutes, Todd n'était toujours pas arrivé. A nouveau l'inquiétude la prit, et elle commença à s'ennuyer ferme. Durant des jours elle avait eu hâte d'être à cette fête et en fin de compte Todd avait tout gâché par son absence. Il n'avait même pas pensé à lui dire de venir avec un copain, alors qu'il savait d'avance qu'il serait très en retard. En fait, si l'on considérait la situation sous son véritable aspect, elle était venue seule : il l'avait tout simplement laissée tomber. Comment avait-il pu se conduire ainsi ? Alors qu'ils venaient juste de s'expliquer et que tous leurs problèmes semblaient heureusement résolus. C'était aberrant !... Si elle voulait tirer de tout cela une conclusion évidente, sans chercher à se leurrer, elle n'en voyait qu'une : il l'évitait ! Tout cela n'était que prétextes... Il ne voulait plus d'elle, mais il refusait d'être celui qui rompt. Il attendait que ce soit elle qui fasse un éclat.

A minuit et quart des couples commencèrent à quitter le club pour se rendre à *La Caravane*.

Enid, qui partait avec Georges, lui demanda en passant :

« On t'emmène ?

— Je dois descendre là-bas avec Jessica, en principe. Elle ne va sûrement pas tarder. Et si tout le monde m'abandonne, ta mère m'a déjà proposé de m'emmener avec elle quand elle aura fini de tout remettre en place. »

Elizabeth comptait encore sur Jessica bien qu'elle n'ait pas aperçu sa sœur depuis plus d'une heure.

Moins de cinq minutes après le départ d'Enid,

Mme Rollins tapotait gentiment l'épaule d'Elizabeth :

« Hou hou ! Un jeune homme vous demande au téléphone. »

Elle dégringola à toute vitesse le court escalier en spirale qui conduisait au vestiaire des dames à côté duquel se trouvait le taxiphone :

« Todd ! C'est toi ?

— Excuse-moi, je suis navré. Mais j'avais quelque chose d'important à faire...

— Quoi ? Rater la soirée ? C'est ça ? »

Il voulut ignorer ce ton acide :

« Non, Liz. C'est une surprise. Je te le dirai quand je te rejoindrai. »

Visiblement il était content de lui et certain de lui faire plaisir... Plus tard !

« Todd ! Je veux savoir tout de suite. Qu'as-tu fait durant ces trois heures ?

— Je te le dirai dans cinq minutes. A tout de suite ! »

Il avait raccroché avant qu'elle ait eu le temps de lui dire que tout le monde était maintenant à *La Caravane*. Elle aurait préféré qu'il la rejoigne directement là-bas... plutôt que de l'obliger à passer au Country Club où il ne trouverait plus personne quand il arriverait. Même pas elle !

Les derniers couples prenaient leur voiture. Pour la seconde fois Elizabeth alla s'installer sur la terrasse, baignée de clair de lune. Mais elle n'eut pas longtemps à attendre. Moins de dix minutes plus tard Todd arrivait sur sa moto.

Devant le silence environnant, les lumières éteintes, il comprit.

« Tout le monde est parti ? demanda-t-il en ôtant son casque.

— Jessica doit revenir me chercher. Elle est partie avec Brian et j'attends que... »

Todd l'interrompit :

« Elle a Brian pour elle toute seule et tu espères qu'elle va revenir rien que pour t'emmener à *La Caravane* ? ! Mais tu rêves ! »

Elizabeth haussa les épaules, simplement.

« Bon. Eh bien, dans ce cas nous avons à parler ! Le plus tôt sera le mieux. Que se passe-t-il, Todd ? »

Todd était grave, mais joyeux :

« J'ai pris une décision à notre sujet. Et au sujet de la moto. »

Il coupa les gaz de la moto qui continuait à ronronner au ralenti.

« C'est la décision la plus difficile qu'il m'ait été donné de prendre, mais c'est fait. »

Un frisson d'appréhension la traversa. La colère qu'elle éprouvait à l'égard de Todd fit place à un sentiment obscur de crainte. Todd n'avait pas raté la fête à cause de l'anniversaire de son grand-père ou à cause des embouteillages mais parce qu'il avait une mauvaise nouvelle à lui annoncer, une nouvelle qui la concernait directement. Le ton solennel qu'il avait adopté ne pouvait pas signifier autre chose. Il aurait fait un choix entre la moto et elle !

Mais alors, que signifiaient les tendres baisers qu'ils avaient échangé ? Que signifiaient toutes ces promesses qu'ils s'étaient faites ? Tout cela était-il anéanti par un monstre noir et chromé ?

« Vas-y, Todd ! parle ! dit-elle d'une voix sourde.

— Je sais que tu ne t'y attends pas mais...

— Je t'en prie, parle !

— O.K. ! » Il inspira profondément. « Je vends ma moto.

— Quoi ?

— Je la vends ! Je m'en débarrasse ! Et n'essaie pas de me faire changer d'avis ! C'est pour cela que j'arrive si tard, je l'ai revendue à Jerry Mc Allister et il a insisté pour célébrer l'événement. Il a bu un nombre incalculable de bières ! »

Elizabeth se sentit incapable d'articuler un son et elle éclata en sanglots.

Il détestait la voir pleurer. Et ce qu'il ne réalisait pas, c'était que les larmes d'Elizabeth étaient des larmes de bonheur.

« Pourquoi as-tu fait ça ? balbutia-t-elle.

— Je ne supporte plus de te laisser ici ou là... et je ne supporte plus non plus de voir d'autres que moi te prendre dans leur voiture. Sans parler de ta sœur, qui n'a visiblement pas toujours envie de venir te chercher. Rien ne peut être pire que ça. Je suis à toi, tu es à moi, et si le siège arrière de ma moto n'est pas dans ton style, eh bien, c'est à moi de m'arranger pour changer de style.

— Tu veux dire que c'est à cause de moi que tu as fait ça ? Mais c'était ton rêve, une moto !

— Les rêves perdent beaucoup de leur charme quand ils deviennent réalité. C'est marrant, quand on y pense. J'ai voulu une moto dès que j'ai été en âge de savoir de quoi il s'agissait. J'ai travaillé dur, j'ai économisé pour m'offrir ce bel engin... Inutile de te le dire, tu le sais : je croyais que rien ne pourrait jamais m'arriver de plus merveilleux. Mais tu sais quoi, maintenant ? »

Elizabeth se recula juste assez pour pouvoir s'essuyer les yeux.

« Non. Dis-moi...

— Ce qui m'est arrivé de plus merveilleux, c'est toi. Tu représentes pour moi infiniment plus que cet engin. Je ne pourrais supporter la pensée de te perdre, et je ne vois pas comment tu pourrais supporter ma moto encore longtemps.

— Oh Todd ! Pourquoi ? Je t'aime tellement, vois-tu, que...

— Moi aussi, je t'aime, tu sais.

— Liz !... »

C'était la voix de la mère d'Enid, qui appelait de l'intérieur du club. Todd et Elizabeth s'écartèrent l'un de l'autre.

« Je suis désolée, ma petite fille, mais je n'en ai pas encore terminé ici. J'en ai même encore pour un bon bout de temps. Je crois que je ne pourrai pas descendre à *La Caravane*. Voulez-vous que j'appelle une voiture, ou que je téléphone à l'un de vos amis de remonter vous chercher ? »

Elizabeth regarda Todd dans les yeux et elle y vit l'amour dont ils étaient emplis. Derrière lui, elle distinguait la moto noire et chromée qui luisait doucement sous la lune. Bientôt elle sortirait de la vie de Todd. Et de la sienne. Elle était vaincue. Elle ne représentait plus aucune menace pour leur bonheur. Pour la première fois depuis qu'il l'avait achetée, Elizabeth s'imagina assise derrière Todd, les bras autour de son buste, sa chevelure blonde flottant au vent de la course. Juste une fois...

Enid lui avait dit qu'il n'y avait aucun danger... et que c'était une sensation formidable. Todd conduisait toujours très prudemment, et c'était l'occasion unique de savoir enfin ce que l'on éprouvait. Elizabeth ne recommencerait sans doute jamais. Mais pouvait-elle ? Oserait-elle ?

Brusquement elle prit sa décision :

« Non, merci, madame Rollins. Ça ira. Todd va me descendre. Merci encore pour cette fête magnifique. »

La mère d'Enid, du seuil, leur souriait :

« Très bien, Elizabeth. Bonne nuit à vous deux. »

Elle était rentrée. Todd reprit Elizabeth entre ses bras :

« Pourquoi lui as-tu dit ça ? »

Comme elle ne répondait pas, le regard fixé sur quelque chose, il suivit la direction de ce regard et vit la Yamaha.

« Non, Liz ! » Il avait compris sa pensée. « Tu ne peux pas vouloir dire que... Même si tu le veux je ne te laisserai pas faire. »

Le prenant par la main, elle l'entraîna :

« Si. Je veux ! »

Elle parlait sérieusement.

« Liz ! Pense à tes parents. »

Avec une véhémence qu'il ne lui connaissait pas elle s'insurgea :

« Eh bien quoi, mes parents ?... Nous en avons fait des sacrifices à cause d'eux ! J'ai renoncé à partager avec toi la joie de faire de la moto. Et tu es en train de renoncer à ton rêve.

— Mais je ne peux pas trahir la parole que je leur ai donnée, de ne jamais t'emmener à moto.

— Mais tu ne m'emmènes pas, c'est moi qui

veux venir. Pour une fois, une seule, ce soir. Et ensuite, plus jamais. Je veux savoir l'effet que cela me fera, je veux essayer !

— Et tu vas renier le serment que tu as fait ?

— Ils ne le sauront pas. Allons, emmène-moi. C'est très important pour moi, Todd.

— Mais je n'ai même pas de casque pour toi. Une fois que j'ai eu décidé de la vendre j'ai pensé qu'il n'avait plus aucune utilité. Je l'ai laissé à la maison.

— Nous n'allons pas loin. Pour quelques kilomètres sur une route sans danger, je n'ai pas besoin de casque. Que veux-tu qu'il nous arrive ?

— Avec ta robe, comment pourras-tu... ?

— Et alors ? Quand tu as pris Mandy sur ta moto, elle avait une jupe étroite. Elle s'en est tirée, non ?

— Franchement je n'aime pas ça, Liz...

— J'en prends l'entière responsabilité, Todd. D'ailleurs, au fond, je sais que tu en as aussi envie que moi. Allons !... »

La détermination enthousiaste d'Elizabeth avait peu à peu raison de la résistance de Todd.

« Tu y tiens vraiment ?

— Encore plus que ça ! »

Il eut un sourire. Son rêve allait enfin devenir réalité. Ce serait sans doute leur unique échappée à moto, mais il allait faire en sorte que ce soit pour Elizabeth une expérience inoubliable.

« Ça va être super, Liz ! »

Dans son enthousiasme il l'avait prise à la taille et tournoyait follement avec elle.

« Je suis prête. Quand tu voudras ! »

Par jeu il lui fit un salut très Grand Siècle, la main gauche sur le cœur, la droite balayant le sol d'un chapeau imaginaire :

« *Mon carrosse, mademoiselle !* »

Il avait dit ces mots en français. Elle répondit en une révérence :

« *Je vous en rends grâces, mon cher.*

— A la réflexion, laisse-moi monter le premier. »

Il enfourcha la moto et la tint immobile, équilibrée entre ses jambes, pieds au sol.

« Je veux être sûr que tu es bien calée, bien assise. »

Quand il eut refermé son blouson, ajusté son casque, il se tourna vers elle :

« On y va ? Tu es prête ? »

Elle fit « oui » de la tête. Elle éprouvait un mélange de crainte et d'exaltation en même temps qu'une sorte de soulagement.

« O.K. Maintenant soulève-toi légèrement sur la selle et pose tes pieds sur les petits trucs qui dépassent, derrière mes talons. »

Elizabeth suivit ses instructions puis ramena l'ampleur de sa jupe autour de ses jambes.

D'une voix timide, un peu bécasse, elle demanda :

« Et mes bras, m'sieur, qu'est-ce que j'en fais ?

— J'ai idée que vous le savez, jeune fille. Serrez-moi aussi étroitement que vous le pouvez.

— Comme ça ?

— Très bien. Maintenant, en route. »

Il appuya sur le démarreur et la moto réveillée se mit à rugir. Lentement, Todd s'engagea sur la large courbe qui menait au club, le regard rivé à la route.

Les premières secondes furent pour Elizabeth les plus effrayantes de toute sa vie, en comparaison, le grand huit, à la foire, où elle avait bien cru mourir d'angoisse n'était rien. Se retenant de trembler, elle se cramponna à Todd, tous les muscles de son corps crispés. Lorsque Todd commença à incliner la moto tantôt à gauche, tantôt à droite, dans la succession des virages au flanc de la colline, Elizabeth retint son souffle et ferma les yeux, convaincue que d'une seconde à l'autre elle allait tomber. Elle commençait à regretter amèrement d'avoir tant insisté pour connaître cette « ivresse ». C'était franchement horrible.

Mais lorsqu'ils eurent atteint le plateau et que

la route s'étendit toute droite, avec seulement de rares courbes très larges, Elizabeth rouvrit les yeux et se détendit. Puisqu'elle n'était pas tombée pendant la descente, elle ne tomberait plus maintenant et c'était très agréable, de filer dans le vent de la course.

Lorsqu'une nouvelle descente s'amorça, elle avait compris la manœuvre. Avec aisance elle accompagna de tout son corps l'inclinaison de la machine, d'un côté, de l'autre... La joie du triomphe l'envahit, comme si elle venait de conquérir le mont Everest.

Et, d'une certaine façon c'était vrai. Elle avait conquis ses craintes, pour les anéantir.

La suite du trajet fut telle que l'imaginait Elizabeth quand elle en rêvait comme d'une impossible joie. Bien que Todd limitât sa vitesse, l'air fouettait sa peau nue et le vent faisait voler ses cheveux dans tous les sens. Cramponnée à Todd, la joue appuyée à son dos, elle entendait son propre cœur battre sourdement, dominant tous les autres bruits. Elle avait la sensation de voler dans l'air frais de la nuit. Elle comprenait maintenant ce qu'avait voulu dire Todd lorsqu'il évoquait la griserie d'être soi-même comme un élément du décor au lieu de n'en être que le spectateur inerte et passif. Elle aurait voulu que cette course ne finît jamais.

Lorsqu'ils seraient arrivés au club, elle insisterait pour que Todd garde sa moto. Et quand elle rentrerait à la maison, ce soir — ou plutôt demain matin —, quand chacun serait reposé, après une bonne nuit et parfaitement éveillé, elle demanderait à ses parents de s'asseoir, de l'écouter, et elle leur expliquerait pourquoi le moment était venu de revenir sur leur interdiction et de la dégager de son serment.

Elle leur démontrerait que la moto n'est pas dangereuse, quand celui qui la monte a de l'expérience et est aussi prudent et raisonnable que Todd.

Fermant les yeux elle imagina que Todd et elle n'étaient qu'un seul être, filant librement dans l'espace comme l'oiseau, sifflant comme le vent au travers du vent lui-même... Rien ne pouvait arrêter cette vivante flèche. Rien...

C'était bien le moment de penser à Elizabeth !

Jessica était perdue dans l'extase du baiser le plus grisant qu'elle ait jamais connu, son corps ne faisant qu'un avec celui de Brian qui la serrait passionnément contre lui... lorsque l'image d'Elizabeth surgit en son esprit. C'était comme un appel que sa sœur lui lançait. « Elle me demande quelque chose, pensa Jessica, mais quoi ? » Cette impression s'imposait, persistait bien qu'elle fît d'immenses efforts pour la chasser afin de ne rien perdre de sa joie présente, de profiter pleinement du plaisir qu'elle éprouvait dans les bras de Brian.

Et soudain elle se souvint.

« Oh ! non... » gémit-elle en tentant de se dégager.

Brian resserra son étreinte, surpris.

« Qu'est-ce qui t'arrive ? » murmura-t-il.

Mais Jessica le repoussa et remit en place les fines bretelles de sa robe de bal.

« J'ai oublié Liz. Nous devions aller la chercher. Quelle heure est-il, Brian ? »

Brian, plongé dans la langueur de ce baiser, n'avait pas envie de tenter le moindre effort pour s'en arracher.

« Je ne comprends pas ce que tu dis. »

Devinant qu'il ne ferait rien pour l'aider, Jessica releva elle-même le poignet de sa chemise pour voir l'heure à sa montre :

« Minuit et demi. Il y a une demi-heure que nous aurions dû y être ! »

Brian lui caressa le bras gentiment, pour la calmer :

« Ne t'inquiète pas !... Je suis sûr qu'elle aura trouvé quelqu'un pour la descendre à *La Caravane.* »

Jessica réfléchit à cela, tout en regardant Brian. Il était vraiment splendide, ce garçon, et l'université de Los Angeles lui avait au moins appris une chose : comment se comporter avec sa petite amie. A la pensée de mettre fin immédiatement à leur intimité, dont elle n'avait pas épuisé toutes les joies, Jessica se sentit infiniment triste.

« Tu crois vraiment ? » dit-elle à Brian sur un ton déjà convaincu.

Il eut un sourire assuré :

« Ta sœur est assez intelligente pour comprendre que si tu n'es pas encore allée la chercher c'est que tu n'iras plus maintenant. »

Il avait raison. Elizabeth la connaissait assez pour ne plus l'attendre à une heure pareille.

« J'ai peut-être eu une réaction un peu sotte, en effet. Et trop vive... Excuse-moi. »

En parlant, elle passa les doigts dans la chevelure de Brian, tendrement, et le baiser qu'elle lui donna ensuite fut la preuve évidente qu'elle aurait eu autant de regret que lui à interrompre leur « entretien ».

Mais pourquoi, tout en agissant ainsi, ne parvenait-elle pas à chasser Elizabeth de son esprit ? Un sentiment bizarre la paralysait. Une sorte de prémonition. Comme si Elizabeth l'avait appelée à son secours.

Quel rapport cela pouvait-il avoir avec le fait qu'elle l'avait « oubliée » au Country Club ?

Pour retrouver sa propre paix, se débarrasser de cette hantise, elle repoussa une nouvelle fois Brian :

« Tu vas dire que je suis folle mais je ne peux pas m'empêcher de penser à Liz. Si tu étais gentil, nous irions à *La Caravane* voir si elle y est.

— Evidemment, qu'elle y est !

— Tu as sûrement raison mais je me sentirais mieux si je l'y voyais. »

Caressant la joue de Brian du bout de son index, Jessica promit :

« Nous n'y resterons pas.

— Bon, d'accord, soupira Brian. De toute façon ton inquiétude gâche tout. »

Ils quittèrent donc Miller's Point et descendirent en voiture jusqu'à la grand-route menant à la ville. A mi-chemin, environ, ils remarquèrent, un peu plus loin, en avant, sur leur gauche, des lueurs intermittentes qui éclairaient le décor. Après un large virage, ils constatèrent que c'étaient les gyrophares de deux cars de police, arrêtés devant une route secondaire.

« On dirait qu'il y a eu un accident, constata Brian en levant le pied.

— C'est sûrement grave, j'ai entendu les sirènes d'ambulance. »

Brian ralentit encore pour passer très lentement devant l'endroit où stationnaient les cars.

« Non, regarde, dit-il en désignant du doigt une camionnette rouge arrêtée juste en face, de l'autre côté de la route. Cette camionnette est sûrement dans le coup, sinon on l'aurait obligée à circuler. Et elle n'a rien du tout. Ce n'est pas grave... »

Jessica haussa les épaules. Elle allait demander à Brian de repartir quand elle aperçut, à trente mètres de la camionnette, une masse noire dont les chromes luisaient. C'était une moto, couchée...

« Oh ! mon dieu ! La moto de Todd !... Brian, arrête tout de suite ! »

Elle tremblait d'impatience sur son siège pendant que Brian faisait marche arrière pour se garer. Elle bondit sur la route avant même qu'il se soit complètement arrêté. Le choc avait dû être rude, d'après l'état de la moto. Todd était certainement blessé. Comment allait-elle apprendre cela à Liz ?

Mais une femme en uniforme de la police venait rapidement à elle :

« Vous ne pouvez pas rester là. Allons, circulez ! »

Une voix d'homme intervint :

« Laissez ! C'est sa sœur. »

La femme s'écarta et cependant, sur l'instant, Jessica ne réalisa pas le sens de ce qui venait d'être dit. Elle vit soudain Todd, derrière le car de police, il titubait un peu mais apparemment il n'avait rien.

Se précipitant vers lui, Jessica le serra dans ses bras :

« Oh ! Todd ! Tu es vivant !... Dieu soit loué ! »

Il n'avait eu aucune réaction. Il semblait

hébété, et des larmes inondaient son visage. Il balbutia :

« J'ai essayé de l'en empêcher... mais elle ne voulait rien entendre. »

Jessica recula d'un pas :

« Todd ! De qui parles-tu ?

— De Liz. Elle... »

Sans pouvoir en dire davantage, il éclata en sanglots.

« Viens avec moi, mon garçon, ça vaut mieux... » intervint un officier de police en le prenant par les épaules, gentiment, pour l'entraîner vers l'une des ambulances qui venaient d'arriver.

C'est alors que Jessica la vit. Elle était là, recroquevillée, inerte, sur la route. Deux policiers étaient agenouillés auprès d'elle.

Dans la nuit calme, un hurlement retentit :

« Liz ! »

Jessica s'était élancée comme une folle au travers de la route. Elle fut stoppée dans son élan par un infirmier qui descendait d'une ambulance.

« Liz ! » cria-t-elle encore en se débattant farouchement. Mais l'homme l'entraînait loin de cette scène.

« Laissez-moi ! sanglotait Jessica. C'est ma sœur. »

Un policier accourut :

« Je vais m'occuper d'elle. »

L'infirmier la lâcha pour se précipiter vers Elizabeth. Jessica voulut en profiter pour s'échapper mais le policier lui barra la route. Il lui fallut faire appel à toutes ses forces pour contenir cette furie qui ruait et se débattait. Tout en la maintenant fermement et, malgré les coups de pied qu'elle lui envoyait dans les jambes, il psalmodiait :

« Du calme, allons ! Allons, allons ! Calmez-vous.

— Du calme ?! Mais c'est ma sœur ! protestait Jessica furieuse.

— Nous faisons tout notre possible pour la sauver ! »

Il lui désignait les deux infirmiers accroupis auprès d'Elizabeth. L'un lui insufflait de l'oxygène, tandis que l'autre tentait une réanimation cardiaque.

Finalement Jessica éclata en sanglots sur l'épaule du policier en bégayant :

« Elle va mourir ! Elle va mourir !

— Non, si nous parvenons à la sortir de l'état où elle est... Mais il faut que vous-même retrouviez votre calme, votre énergie. En agissant comme vous le faites vous ne nous aidez pas, et vous ne l'aidez pas. Comprenez-vous ?

— Mais il faut que je la voie !

— Dès que nous aurons obtenu un résultat,

elle sera transportée à l'hôpital. Et vous pourrez l'y accompagner, je vous le promets. »

Bien qu'elle fût en état de choc, Jessica comprenait suffisamment les paroles du policier pour en déduire qu'Elizabeth était encore vivante. Cette certitude suffit à la calmer un peu.

D'une voix redevenue normale, elle affirma :

« Ça va aller, maintenant... C'est fini. Je vous en prie, lâchez-moi. »

Il la lâcha. Et elle resta là, sagement, sur la route, observant en silence l'équipe médicale qui entourait sa sœur. Brian, venu la rejoindre, lui entoura l'épaule de son bras. Mais elle le repoussa d'une secousse. Elle refusait tout réconfort pour l'instant. La seule personne dont elle désirait la présence, c'était Elizabeth.

Un mouvement sur sa droite attira son attention. Une haute et large silhouette était entraînée par deux policiers. Quand le groupe passa tout près d'elle, elle vit le visage de l'homme. C'était Jerry McAllister. Elle comprit ce qu'il faisait là et une bouffée de haine, une haine sauvage qu'elle n'avait jamais ressentie jusqu'alors, la souleva.

En un mouvement irraisonné, étranger à sa volonté même, elle tourna le dos à Brian pour s'élancer vers cet homme. Il ne la vit pas venir jusqu'à ce qu'elle se jette contre lui, contre ce gros corps puant l'alcool, pour lui enfoncer ses ongles longs et acérés dans la gorge. Il cria, et elle reçut en plein visage une haleine aigre saturée de bière.

« Monstre ! lui jeta-t-elle, les dents serrées. Je te ferai payer ça ! »

L'un des policiers la prit à bras-le-corps pour l'obliger à reculer tandis que Jerry bafouillait, piteux :

« Todd était mon copain. J'allais lui acheter sa moto. Tu sais pas ? On avait fait un marché... »

Le reste de ses explications se perdit tandis qu'il s'écroulait sur le siège arrière de la voiture de police.

Les jambes en coton, Jessica retourna auprès de l'équipe médicale qui transportait Elizabeth sur un brancard. Elle attendit que sa sœur fût installée dans l'ambulance, ainsi que les infirmiers, avant d'y monter pour prendre place à son côté, sur le petit siège qu'on lui désigna.

Elle n'était pas préparée à la voir ainsi, étendue comme une gisante, sous un masque à oxygène, et reliée à un tube planté dans son bras blanc comme le marbre. « Mon Dieu, on dirait qu'elle est morte... » pensa-t-elle, horrifiée.

Prenant la main de sa sœur entre les siennes, elle dit à haute voix : « Je t'aime, grande sœur ! » puis, s'adressant aux infirmiers :

« Elle va s'en sortir, oui ? Vous croyez ?

— Nous faisons tout ce que nous pouvons », lui répondit l'un d'eux. « Le reste dépend d'elle. »

Ils semblaient las, un peu tristes.

Des larmes montèrent aux yeux de Jessica tandis qu'elle suppliait :

« Elizabeth, écoute-moi. C'est moi, Jess. Tu as eu un petit accident et on te conduit à l'hôpital, mais tu iras très bien dans quelque temps. J'en suis sûre. Tu m'entends ? »

Mais Elizabeth restait immobile, sans un signe, sans un frémissement de paupière qui eût témoigné qu'elle était consciente.

« Liz, tu vas aller mieux. J'en suis sûre. Tu m'entends ? »

Le dernier mot s'étrangla dans la gorge de Jessica. Elle ne croyait pas vraiment à ce qu'elle disait. Bien au contraire elle avait l'horrible certitude que l'état d'Elizabeth ne pourrait que s'aggraver.

Ned et Alice Wakefield arrivèrent au service des urgences de l'hôpital quelques minutes après l'appel téléphonique de la police.

M. Wakefield se précipita vers l'infirmière de service :

« Où est ma fille ? »

Elle leva le nez des papiers qu'elle était en train de classer :

« Le docteur vous verra dans un instant. Veuillez vous asseoir, je vous prie. »

Elle désignait le rang de chaises placées contre un mur de carreaux jaunes.

Mais ils n'avaient pas la patience de s'asseoir. Arpentant de long en large l'étroite salle d'attente, ils se mirent à passer et repasser devant la dizaine de personnes qui attendaient anxieuses mais résignées. Bientôt leur fils, Steven, vint les rejoindre. Aussitôt qu'il avait appris la nouvelle, il était accouru à l'hôpital.

« Toujours pas de nouvelles », demanda-t-il. Il avait la voix rauque, d'avoir pleuré, mais il essayait de paraître calme.

Ce fut sa mère qui répondit :

« Non. Elle est encore en salle de réanimation. »

Steven la serra dans ses bras :

« Maman ! Tu verras, elle s'en sortira. C'est une lutteuse. Elle n'abandonne jamais.

— C'est ce que je ne cesse de me répéter, Steve. »

Il parcourut la salle du regard :

« Je ne vois pas Jessica. Elle n'est pas au courant ?

— Elle attend, dans le couloir de la salle d'urgence. Au téléphone l'infirmière nous a dit qu'elle n'avait pas quitté sa sœur depuis... depuis l'accident. Elle a refusé de s'éloigner pour venir attendre ici. »

Tous trois tournèrent brusquement la tête vers la porte ouverte que franchissait un homme jeune, grand et maigre, roux à la barbe courte et frisée :

« Monsieur et Madame Wakefield ? »

Son regard avait balayé la rangée de gens

assis mais les Wakefield se précipitèrent vers lui, aussitôt rejoints par Steve.

« Je suis le docteur Gilks, dit-il en tendant la main à M. Wakefield, chef du service des urgences. »

Mme Wakefield l'interrompit brutalement.

« Comment va ma fille ?

— Son état est stationnaire, maintenant. Nous avons réussi à stopper les dégâts. Mais elle est dans le coma... »

Les Wakefield eurent le même gémissement d'horreur.

« Est-ce qu'elle va... ? »

M. Wakefield n'avait pas pu finir sa phrase.

« Nous ne pouvons pas nous prononcer encore ni savoir combien de temps elle restera ainsi. Les prochaines vingt-quatre heures seront décisives. »

Steven intervint :

« Mais... a-t-elle des chances de s'en sortir ?

— Les organes vitaux sont stabilisés maintenant. Elle a une commotion cérébrale et plusieurs blessures, relativement superficielles, aux jambes. Elle ne semble pas avoir de blessures internes. Nous sommes en train de pratiquer des tests pour mesurer l'étendue des dommages cérébraux.

— Exactement comme Rexy, gémit Mme Wakefield en se laissant aller contre l'épaule de son mari.

— Vous ne devez pas cependant vous alarmer, protesta le médecin. Il est parfaitement possible qu'elle recouvre une santé parfaite. Mais lorsque quelqu'un reçoit un choc violent au crâne, assez violent pour le précipiter dans le coma, nous ne pouvons exclure la possibilité de dommages irréversibles. Et notre devoir est de vous en informer. Mais cela ne signifie nullement que seul le pire est à envisager. Au contraire. Une boîte crânienne, c'est tout ou rien. Quand on s'en sort, on s'en sort sans problème.

— Puis-je la voir ? demanda Mme Wakefield.

— Naturellement. Nous l'avons transférée dans le service de soins intensifs. Sa sœur est auprès d'elle, déjà. Vous pouvez vous y rendre tout de suite. Une infirmière va vous y conduire. »

Les Wakefield étaient trop absorbés par leur angoisse pour avoir remarqué l'arrivée de Todd. Il était assis dans un coin, la tête entre ses mains. Après avoir subi lui-même un examen médical, totalement négatif, il avait donné quelques coups de téléphone et était venu attendre des nouvelles d'Elizabeth. Son père était avec lui. Dès que le docteur Gilks fut reparti, Todd se leva pour rejoindre les Wakefield. Fébrilement, il les interrogea :

« Alors ? Comment va-t-elle ? »

En le voyant devant lui, M. Wakefield pâlit davantage et ses traits se durcirent :

« Elle est encore vivante... mais ce n'est pas grâce à vous !

— Vous n'avez aucune raison de m'en vouloir, monsieur.

— Ah ! vous trouvez ? Que diable faisait-elle donc sur votre maudit engin ? »

Plus calmement, mais la voix tout aussi chargée de rancune, Mme Wakefield reprocha :

« Vous avez trahi la parole que vous nous aviez donnée, Todd. »

Todd pensait qu'il avait déjà pleuré toutes les larmes de son corps mais en se voyant reprocher la part évidente, irrécusable, qu'il avait dans ce malheur, il sentit à nouveau les pleurs l'étouffer, ses paupières brûler. Il étouffa un sanglot :

« Je sais, madame, et j'en suis désespéré, croyez-le. La vie d'Elizabeth a pour moi plus de prix que la mienne. »

D'un ton amer, Steven lança :

« Il serait plus juste en effet que tu sois à sa place en ce moment. »

Les larmes inondaient les joues de Todd :

« C'est justement ce que je pense ! Ce que je me dis. Je voudrais ne l'avoir jamais laissée monter sur ma moto. »

Le père de Todd, qui s'était approché, posa la main sur l'épaule de son fils :

« Nous ferions mieux de partir, maintenant. »

Il l'entraînait, d'une pression impérative. Se retournant vers les Wakefield, il les salua brièvement :

« Je suis désolé. Croyez bien que nos pensées sont avec vous. »

Ned Wakefield lui rendit son salut, sans un mot.

« Ta mère se fait du souci pour toi, Todd, dit doucement Bert Wilkins. Il faut rentrer à la maison.

— Non, papa. Je veux rester ici. Attendre...

— Tu ne peux rien pour elle et, étant donné les circonstances, je crois que ta présence n'est pas souhaitée. Tu reviendras dans la matinée. »

Se souvenant de l'éclair de haine qu'il avait saisi dans le regard de M. Wakefield, Todd pensa que son père avait sûrement raison. Mais l'hôpital était assez vaste pour qu'il pût attendre en un autre endroit des nouvelles d'Elizabeth.

« Non. Je vais rester ici, papa. Pas dans cette pièce, mais ici... je préfère, vraiment ! »

M. Wilkins soupira, résigné :

« Bon. Mais téléphone-nous dès que tu sauras quelque chose. »

Quelques minutes plus tard, M. Collins, à qui Todd avait téléphoné, pénétrait dans la salle d'attente. Il fut suivi presque immédiatement par Enid et Georges, puis par plus d'une douzaine d'autres amis d'Elizabeth.

Après avoir parlé avec M. Wakefield, M. Collins revint vers le groupe de jeunes gens pour leur expliquer puis les renvoya chez eux. On ne pouvait encombrer ainsi cette salle d'attente.

La dernière à partir fut Enid qui étreignait Mme Wakefield en lui disant combien sa fille était aimée de ses camarades et la part qu'ils prenaient tous à son angoisse.

Le fard de ses yeux avait coulé et elle en avait le visage barbouillé mais elle n'y pensait pas.

« Je reviendrai dans la matinée mais si vous pensez que je puisse être utile à quelque chose, je vous en prie, téléphonez-moi. De toute façon, je ne vais pas dormir. »

Après le départ des jeunes, M. Collins resta encore. Il se sentait concerné tout autant que chacune des personnes qui étaient là, auprès des parents d'Elizabeth.

« Ne vous croyez pas obligé d'attendre, monsieur Collins, lui dit Alice Wakefield.

— Permettez-moi cependant de le faire, madame. Si ma présence, toutefois, ne vous pèse pas ? Votre fille Elizabeth n'est pas n'importe qui, pour moi.

— Je ne vois aucun inconvénient à ce que vous restiez, monsieur. Au contraire... Je sais qu'Elizabeth serait heureuse de vous savoir là. Elle me parle souvent de vous.

— Puis-je vous être utile ?... Voulez-vous un peu de café ? Et vous, monsieur ? Steven ? »

Ils étaient très touchés de sa gentillesse mais

personne n'avait envie de boire, ni de manger. Ce fut Mme Wakefield qui lui répondit :

« Non, merci, vraiment. Peut-être plus tard... »

Il se leva :

« Si vous voulez bien m'excuser, alors... je vais prendre une tasse de café. Je reviens... »

Ils approuvèrent d'un signe de tête.

M. Collins suivit les flèches qui indiquaient le chemin vers le hall où se trouvaient les distributeurs automatiques de boissons et de sandwiches. Quand il y fut il aperçut Todd, debout derrière l'une des baies d'où l'on avait vue sur le parking.

Il alla directement à lui.

« Bonjour, Todd. Vous me paraissez bien seul... »

Comme Todd ne répondait rien, il le prit par la taille, l'entraîna :

« Venez avec moi. Je vais boire un café. »

Devant la machine, il fouilla dans sa poche à la recherche de monnaie :

« Vous en voulez un ? »

Todd haussa les épaules :

« Ça me ferait peut-être du bien. »

Le professeur lui tendit un gobelet fumant :

« Merci de m'avoir appelé, cette nuit.

— Je sais que vous aimez beaucoup Elizabeth. »

Ils prirent place à une table proche.

« Comment vous sentez-vous, Todd ?

— Horriblement mal, moralement. Physiquement, très bien. Je n'ai aucune blessure. Juste quelques bleus et une coupure au mollet. Je voudrais bien que Liz... »

Il n'acheva pas sa phrase. Il regardait fixement son café.

« Cela a dû être terrible, pour vous. Comment les choses se sont-elles passées ? Vous voulez bien me raconter ? »

Poussé par M. Collins, Todd, pour la première fois, parla de l'accident.

« Ça me paraît encore impossible, irréel, comme un mauvais rêve. »

Il secouait lentement la tête, en se rappelant les derniers instants avant la collision.

« Nous descendions la colline... Je roulais lentement, prenant tout mon temps, lorsque j'ai été aveuglé par des phares. Droit sur moi ! J'ai voulu freiner tout en me rabattant au maximum vers le bord de la route, mais il était trop tard. »

Rageusement il frappa du poing sur le guéridon, faisant sauter du café des gobelets.

« Les policiers m'ont dit que Jerry était complètement ivre. Je savais qu'il avait dû passer toute sa soirée à boire de la bière, mais je ne croyais pas qu'il était stupide au point de prendre le volant dans l'état où il était.

— Comment saviez-vous qu'il avait bu ?

— Ah ça, c'est d'une ironie assez cruelle !... Il

avait commencé à boire en ma compagnie. Et il a démoli la moto dont il rêvait, et qu'il venait de m'acheter. Je devais la lui vendre. Cette nuit était la dernière où je m'en servais... »

Todd aspira l'air pour se décontracter, pour se libérer de la rage qui l'étouffait.

« Oh ! si seulement j'avais dit "Non" à Liz, rien ne serait arrivé. »

Un peu dérouté Roger Collins demanda :

« Que voulez-vous dire ? Je ne vous suis pas très bien...

— Liz a insisté pour monter avec moi cette nuit, avoua Todd. Au début j'ai pensé que de sa part c'était une fantaisie un peu folle. Mais c'était sérieux. Très sérieux, même. Elle voulait "une fois, une seule fois" faire de la moto. Et je n'ai pas pu lui résister. D'ailleurs, au fond, j'en avais envie aussi.

— Et vous vous le reprochez ? »

Todd hocha la tête :

« C'est qu'il y a plus grave. J'avais promis à ses parents de ne jamais le faire. Mais je me suis dit que personne ne le saurait si je manquais à ma promesse une fois. Rien qu'une... Partager avec elle les joies que m'avait données cet engin, j'en avais rêvé si souvent... Pourtant j'aurais dû avoir assez de volonté pour refuser.

— Je ne pense pas, Todd, que vous ayez fait quelque chose de mal. Liz savait ce qu'elle vous demandait. Elle en était parfaitement consciente.

— Elle ne savait pas comment cela se terminerait !

— Evidemment, Todd. Vous non plus... Et ce qui est arrivé ne peut vous être reproché. Vous n'en êtes pas responsable. Je suis certain que les Wakefield en conviendraient.

— Là, vous faites erreur. Ils ne veulent plus me voir. C'est leur fille qui est dans le coma. Ils me considèrent comme aussi responsable que Jerry McAllister. Et j'*en suis* responsable, quoi que vous disiez. »

Todd avait caché son visage entre ses mains et ses larmes recommençaient à couler.

M. Collins se dressa, posa une main sur l'épaule du garçon :

« Calmez-vous, Todd. C'est un accident, un cruel accident. Je sais que vous ne vouliez pas que cela arrive à Liz, que vous en êtes désespéré, et je suis certain que les Wakefield, au fond d'eux-mêmes, le savent, eux aussi. Ne vous blâmez pas si sévèrement pour quelque chose qui était imprévisible.

— Mais j'aurais pu refuser ce qu'elle me demandait !

— Et la laisser seule au club ? Vous ne l'avez pas obligée à vous accompagner. Elle a choisi de le faire. Nous savons, vous et moi, combien Liz peut se montrer obstinée, têtue, quand elle a décidé quelque chose. »

Il réfléchit un instant avant de poursuivre :

« Il faut encore que vous sachiez ce que me disait Elizabeth, pas plus tard qu'hier soir. Qu'elle avait en vous une foi totale, absolue. Cessez donc de vous torturer, de vous mésestimer, et restez celui qu'elle aime parce qu'il est loyal, fort, et surtout juste. Ne vous accablez pas pour un fait qui n'est dû qu'à la malchance, au hasard, et dont n'importe qui aurait pu être victime.

— Ce n'est pas facile.

— Je sais. Tenez, regardez ! »

C'était Steve Wakefield qui arrivait en courant pour se précipiter vers Roger Collins :

« Ah ! vous êtes là... Je vous cherchais. Maman voudrait vous voir. Elizabeth va plus mal. Ils ne pensent plus qu'elle s'en sortira. »

Roger Collins ferma les yeux une seconde. Il était affreusement déçu. Il avait espéré autre chose...

Les chauds rayons du soleil réveillèrent Todd tôt le matin. Sur le moment il se demanda où il était et pourquoi il s'était endormi tout habillé.

Puis il se souvint. L'accident. Et l'horreur de la nuit précédente.

Todd n'avait jamais eu si peur qu'au cours de ces heures d'angoisse, où Elizabeth luttait avec la mort, sa survie ne dépendant que de froids appareils dont le seul aspect faisait frémir, et de l'obstination des médecins. Pendant longtemps, on s'était interrogé sur la chance de survie qu'il lui restait encore. Todd, sur les nerfs, n'avait de ses nouvelles que par Roger Collins qui n'avait pas quitté les Wakefield tout au long de leur longue épreuve. Il était convenu qu'il était préférable pour Todd de rester à l'écart de la famille tant que l'on ne serait pas fixé sur l'état de la blessée.

Quand les médecins avaient annoncé que le pire ne se produirait sans doute pas, la situation s'étant à nouveau stabilisée, Todd s'était abandonné à la fatigue contre laquelle il luttait et, couché en chien de fusil sur un sofa, dans un petit salon du deuxième étage, il s'était endormi. Maintenant qu'il était réveillé, il n'avait qu'une envie : se précipiter vers le service de soins intensifs. Là, dans la petite salle d'attente, il trouva Ned et Alice Wakefield dont les visages creusés, les yeux cernés, trahissaient une nuit sans sommeil. Avec hésitation il alla vers eux. Peu lui importait la façon dont ils le recevraient : il fallait qu'il sût où on en était.

« Comment va-t-elle ? demanda-t-il.

— Toujours pareil, répondit Ned Wakefield sèchement.

— Mais elle n'a rien au cerveau, Dieu merci, précisa sa femme.

— Oui. Les tests ont prouvé qu'il n'y a aucun dommage de ce côté-là, confirma le père de Liz. Mais elle est toujours dans le coma.

— Combien de temps sera-t-elle... »

Alors que Ned Wakefield haussait les épaules en signe d'ignorance, Steven arrivait, apportant un plateau de petit déjeuner, avec des cafés, du lait, des toasts. Quand il vit le copain de sa sœur, toutes les émotions qu'il avait dû refouler au cours de la nuit éclatèrent en une bouffée de rage.

« Qu'est-ce que tu fais là, toi ? Je ne veux plus te voir, aussi longtemps que je vivrai !

— C'est un accident, Steve...

— Arrivé par ta faute !

— Bon Dieu, Steve, j'adore Liz et tu le sais ! Je ne l'ai pas fait exprès, tout de même !

— Je me fiche de tes sentiments. Qu'est-ce que tu crois que j'ai ressenti, moi, quand les médecins nous ont dit que Liz avait *la chance* de vivre encore... comme si leurs damnés appareils, leurs tuyaux, leur fourbi représentaient la vie ! Elle n'est plus qu'une chose qui respire, et dont le cœur bat. Et c'est ta faute ! Tu n'avais pas le droit de l'entraîner sur ton engin de mort !

— Steve, tais-toi ! »

Toutes les têtes se tournèrent vers Jessica qui entrait. Son visage livide, ses lèvres pâles disaient assez l'angoisse qu'elle avait supportée durant des heures. Son maquillage délavé par la fatigue lui faisait un masque étrange, presque grotesque. Sa robe de satin était froissée par cette nuit passée dans un fauteuil au chevet d'Elizabeth. Mais pour la première fois de sa vie sans doute, Jessica se moquait totalement de l'aspect qu'elle pouvait avoir.

Sa bouche s'infléchit, son menton trembla tandis qu'elle avouait :

« C'est moi, la vraie responsable. »

Elle avait prononcé ces mots simplement, sans chercher à faire un effet. C'était un aveu calme, direct.

« Jessica ! Qu'est-ce que tu racontes ? s'insurgea son père.

— La vérité, papa. Je n'ai pas pu vous le dire cette nuit, mais Liz n'a dû prendre la moto de Todd que parce que je n'étais pas allée la chercher au club comme je le lui avais promis. Je croyais que j'avais quelque chose de plus important à faire... »

Elle se tut brusquement, et éclata en sanglots. Elle n'était plus capable, tout à coup, de se retenir, alors qu'elle l'avait fait durant des heures.

Alice se leva pour la prendre dans ses bras :

« Tss tss, calme-toi, chérie. Ce qui est fait est fait.

— Personne n'a jamais douté de ton amour pour ta sœur, Jessica, affirma Todd. Et personne ne te blâme. L'important c'est que nous soyons tous là, réunis... parce que, tous, nous l'aimons. »

Jessica s'épongeait les yeux :

« Oui, Todd, je sais que tu l'aimes. Cette nuit je me suis souvenue de quelque chose que Jerry disait pendant que les agents l'emmenaient. Il assurait qu'il t'avait acheté la moto. Tu la lui avais vendue à cause de Liz, n'est-ce pas ?

— Oui. Sans elle, faire de la moto ne m'amusait plus. Ça ne valait vraiment pas la peine de la garder.

— Pourquoi ne m'avez-vous pas dit ça cette nuit ? demanda Ned Wakefield.

— Qu'est-ce que ça aurait changé ? Vous étiez furieux contre moi, j'aurais eu l'air d'inventer une excuse.

— Roger Collins est venu nous parler. Il nous a dit ce qui était arrivé. Je connais ma fille, Todd, et je me rends compte que si elle s'était mis dans la tête de prendre la moto avec vous, il ne vous restait plus grand-chose à faire sinon vous incliner. Dans ces conditions, je n'ai plus rien à vous reprocher.

— Merci, monsieur Wakefield. Malheureusement, que vous m'accordiez votre pardon ne change rien pour Liz. »

L'état de Liz resta stationnaire durant toute cette journée. Si l'on oubliait le tube qui était planté dans son bras et l'appareil respiratoire placé contre son lit, on pouvait croire qu'elle dormait paisiblement. Jessica passait son temps — du moins autant que les infirmières la toléraient — à côté de sa sœur, la suppliant d'ouvrir les yeux, de dire un mot.

Elle lui parlait sans cesse, disant tout ce qui lui passait par la tête. Elle lui dépeignit les tableaux qui étaient dans le hall, les instruments rangés sur les rayons et dans les armoires, le long des murs de la pièce. Elle lui nomma tous les camarades qui s'étaient succédé pour prendre de ses nouvelles, ceux qui étaient venus par trois ou quatre à la fois. Elle lui dit maintes fois que personne ne l'oubliait.

« Il faut que tu te réveilles, Liz ! Il le faut... Je ne peux pas vivre sans toi. »

Seuls les membres les plus proches de sa famille étaient admis auprès d'Elizabeth, mais ce soir-là Todd s'arrangea pour pénétrer dans sa chambre, et il y rejoignit Jessica. Il tenta de l'encourager mais les propos qu'elle avait surpris dans la journée la rendaient très pessimiste.

« J'ai entendu le docteur dire que plus elle resterait dans cet état et plus ses chances de survie seraient faibles.

— Elle s'en sortira ! »

Il avait pris une chaise et s'asseyait de l'autre côté du lit, face à Jessica.

« Elle est en train de revenir à la vie. »

Jessica, qui avait les yeux fixés sur le visage de sa sœur, leva son regard sur Todd :

« Tu as toujours le sentiment que c'est ta faute, n'est-ce pas ?

— Je n'aurais pas dû l'emmener, surtout sans

casque. J'aurais dû penser qu'il y a toujours des ivrognes qui conduisent, particulièrement le samedi soir. Si ce n'avait pas été Jerry, c'en aurait été un autre. »

Jessica avoua :

« Lorsque je t'ai vu sur la route, je t'aurais tué ! Immédiatement j'ai pensé que c'était le drame de Rexy qui recommençait. Mais la nuit dernière, assise là, à la place où je suis maintenant, j'ai commencé à oublier ta responsabilité pour reconnaître que j'étais à blâmer, moi aussi. Je me suis rendu compte que lorsque je l'avais laissée au club en lui promettant de venir l'y chercher, je savais déjà, confusément, que je ne le ferais pas. Mais je ne m'en suis pas souciée. Quelle sœur je suis !

— Jess, protesta Todd gentiment. Que crois-tu donc ? Elizabeth savait que tu l'oublierais.

— Tu crois ?

— Elle te connaît si bien, vois-tu ! Et si elle l'avait vraiment voulu, elle aurait trouvé quelqu'un d'autre pour l'emmener à *La Caravane*. Mais elle avait envie de faire le trajet avec moi, à moto ! Après tout le mal qu'elle m'avait dit de ma machine, j'en ai été très étonné, je te l'assure. »

Il eut un profond soupir :

« C'est curieux. C'est un genre de fantaisie,

un caprice que j'aurais accepté de toi sans grande surprise... mais pas d'elle.

— C'est vrai, cela ne ressemble à rien de ce que l'on pouvait attendre de ma sœur. En temps normal. Mais je te le dis, bien des choses vont changer désormais. Dès qu'elle reviendra à la vie, je suis bien décidée à faire pour elle tout ce qu'elle me demandera, pour me faire pardonner tous les tours que je lui ai joués.

— Elle ne t'en a jamais voulu. Elle t'aime tellement que, dans son esprit, elle ne t'a même pas accusée de...

— Oh ! si ! C'est impossible, j'en ai trop fait. J'ai profité de notre ressemblance de jumelles pour me faire passer pour elle, quand cela m'arrangeait. Je l'ai laissée payer à ma place quand je m'étais mise dans une situation si terrible que je ne voyais pas comment m'en sortir. Te souviens-tu de la fois où elle a passé pour moi un examen pour être guide ? J'étais bien trop paresseuse et irresponsable pour réussir. Elle s'en est donné, un mal !... Elle en a joué, une comédie, pour me tirer d'affaire ! Tu crois que je lui ai dit merci ? Penses-tu !

— Je m'en souviens. Elle te ressemblait, elle t'imitait en tout avec une telle perfection, que moi-même je m'y suis laissé prendre.

— C'est justement cela qui me fait honte. Elle a toujours fait ce que je lui demandais... simplement parce que je suis sa sœur. Depuis son accident je ne parviens pas à penser à autre chose. Elle a été la sœur admirable que je ne mérite pas. Je ne sais pas ce que je vais devenir si je la perds. Il faut qu'elle sorte de ce coma ! Il le faut !

— C'est pour ça que je suis revenu, malgré l'interdiction de rester dans cette chambre. Je voudrais que nous essayions quelque chose, toi et moi. »

Jessica regarda fixement Todd, à travers ses larmes.

« J'ai parlé avec M. Collins, poursuivit-il. Il m'a dit que lorsqu'il avait à peu près notre âge, l'un de ses amis est tombé lui aussi dans le coma. Il se droguait. Il était à l'hôpital depuis plusieurs jours quand Collins et l'un de ses copains ont essayé ce truc pour l'en sortir. Quand on explique de quoi il s'agit ça paraît absurde — et je ne garantis pas que ça marchera —, mais on peut toujours essayer.

— Absurde ou pas, je m'en moque. Je veux bien essayer n'importe quoi pour sauver Liz. »

Todd comprenait à quel point Jessica était sincère. Il comprenait, plus que personne peut-être, à quel point elle se sentait rivée, corps et âme, à ce lit d'hôpital. Si Jessica perdait Elizabeth, elle ne perdrait pas simplement une sœur, mais la moitié d'elle-même.

« Prends sa main », ordonna-t-il.

Elle la prit, gentiment nichée entre les siennes.

« Maintenant, prends la mienne. »

Elle étendit son bras par-dessus le lit et Todd saisit ses doigts glacés et tremblants de sa main gauche. Dans sa main droite il prit les doigts d'Elizabeth abandonnés sur le drap.

« Serre ! dit-il. Serre aussi fort que tu le peux. »

Elle fit ce qu'il lui demandait.

« Maintenant, pense à elle comme avant. Pense à elle telle qu'elle était la nuit dernière, belle, éblouissante, et répète sans arrêt : "Réveille-toi, Liz..." »

Jamais encore Jessica n'avait désiré avec autant d'ardeur que quelque chose se réalisât. Mettant toute sa foi dans cet acte un peu fou, elle croyait sincèrement que « ça marcherait » et elle fit ce que lui disait Todd, suppliant sa sœur de se réveiller, de revenir parmi ceux qui l'aimaient et qui avaient tant besoin d'elle.

Cependant Elizabeth restait inerte, les yeux obstinément clos sur ce qui l'entourait.

Jessica posa sa tête sur l'oreiller. Elle était épuisée. Elle avait pleuré toute la journée. Les paroles de réconfort prodiguées par ses parents ou son frère l'avaient fait pleurer encore plus fort. C'était la chose la plus horrible qui lui soit jamais arrivée. Elle se sentait totalement impuissante, elle ne pouvait rien faire qui puisse aider sa sœur et la vue de sa jumelle livide et désincarnée était trop épouvantable pour qu'elle puisse le supporter.

La porte s'ouvrit et la silhouette de sa mère apparut en contre-jour. Jessica se précipita vers elle et se suspendit à son cou comme une petite fille.

« Maman ! maman ! j'ai si peur ! »

A nouveau elle éclata en sanglots.

« Jessica ! Ecoute-moi ! Cesse de pleurer comme ça ! Elizabeth ne va pas mourir, nous allons nous battre et l'aider à s'en sortir. Je te promets que dans quelque temps elle sera de retour à la maison. Et tout redeviendra comme avant. »

Jessica essayait de toutes ses forces de croire sa mère. Elle aurait tellement voulu retourner en arrière, avant, avant cet accident, et que tout redevienne « comme avant », comme l'avait dit sa mère. Mais dans son cœur elle savait que c'était impossible. Rien ne serait plus jamais comme dans le passé.

C'EST CE QUE VOUS
DÉCOUVRIREZ EN LISANT
L'INTRIGANTE

Sun Valley

Enfin des livres
qui vous font entrer dans la vie :

Etes-vous tendre, affectueuse, sincère, désintéressée comme Elizabeth?
Connaissez-vous une fille coquette, intrigante, menteuse, arriviste comme Jessica?
Les sœurs jumelles de SUN VALLEY vous invitent à partager leurs secrets.

SŒURS RIVALES Francine PASCAL

« Allô, c'est Jess ou Liz?
– Jessica, bien sûr. Qui est à l'appareil?
– Salut, Jess, c'est Todd. Elizabeth est-elle là? »
Les sourcils de Jessica se froncèrent.
C'était à *sa sœur* que le plus beau garçon du lycée voulait parler. Cette idée lui fut insupportable.
« Non. Liz n'est pas encore rentrée.
– Ah?... »
Elle remarqua avec plaisir de la déception dans la voix de Todd.
« Bon, merci. Je rappellerai. »
Liz sortait à ce moment de la salle de bains et demanda :
« Qu'est-ce que c'était, Jessica?
– Oh, rien, un faux numéro!... »

LA PREUVE CACHÉE Francine PASCAL

« Enid! s'exclama Jessica d'un ton méprisant. Je me demande ce que ma propre sœur peut trouver à cette godiche.
« Voyons, Jess. Enid est une jeune fille très sympathique. Liz et elle ont beaucoup de points communs.
– Mais maman, elles sont là toute la journée à comploter!
– J'ai l'impression que tu es un peu jalouse. Elles se préparent pour le bal d'Automne, voilà tout.
– Ne t'inquiète pas, d'une façon ou d'une autre je saurai bien ce qu'elles manigancent!... »

NE M'APPROCHE PAS Francine PASCAL

« Liz, viens voir ! J'ai acheté une robe fantastique au Boston Shop.
– Quoi ? Tu es entrée là-dedans ? Tu avais juré de ne jamais mettre les pieds dans ce magasin de snobs.
– Oh, c'était « avant »... D'ailleurs Bruce trouve que c'est vraiment très mode.
– Justement, Jessica. Je voulais t'en parler.
– Ah oui ?
– Tu ne t'étonnes pas qu'un garçon, qui, pendant six mois te fuyait comme la peste, te tombe maintenant dans les bras, sans raison ?
– Sans raison ! Tu parles ! J'ai l'impression que c'est TOI qui lui faisais peur ! »

TU LE PAIERAS Francine PASCAL

« Quoi ? Tu veux faire entrer Marian Wilson au club du lycée ? Tu ne vois pas la touche qu'elle a à côté de Lila, Karen et des autres ? Un vrai boudin ! On va se moquer de nous ! Non, vraiment, Liz, tu rêves ! »
Elizabeth poussa un soupir.
« Je t'en prie, Jessica, arrête. J'ai promis. Et puis, je te rappelle que Marian est ton amie, et pas la mienne !
– Mon amie ! Ce n'est pas ma faute si elle est un peu collante !
– De toute façon, Jessica, il n'y a pas à revenir là-dessus. Je... »
Elizabeth n'eut pas le temps de finir : la porte claqua derrière cette menace :
« C'est ce qu'on verra ! »

UNE NUIT D'ATTENTE Francine PASCAL

« J'y vais », lança Elizabeth à sa mère tout en courant décrocher le téléphone. C'était Jessica.
« Mais où es-tu ? Je t'ai attendue toute la nuit. Est-ce que tu te rends compte...
– Liz, je t'en prie, c'est une longue histoire. Je te raconterai plus tard. »
Elle semblait au bord des larmes.
« Tu ne peux pas savoir ce que j'ai enduré. Je... je ne supporterais pas que les parents l'apprennent. »
Dans quel pétrin Jessica s'était-elle encore fourrée... et comment sa sœur allait-elle cacher son absence ?...

Sweet Dreams

Enfin des livres où les pages
vous prennent dans leurs bras.

La série SWEET DREAMS : une série avec pour toile de fond la musique, les rencontres, les vacances, le flirt...
Découvrez-la.

UN ÉTÉ QUI S'ANNONCE MAL Melinda POLLOWITZ

Malgré les difficultés qu'elle éprouvait à s'adapter au mode de vie de ses très riches cousins, Amy se prit à goûter au luxe, en rêvant au baiser que venait de lui donner Guy.
Pourtant, quelque chose la gênait, lui nouait le cœur, une image la troublait. Pete l'avait tout de suite attirée, car il semblait plus sérieux et plus aimable que Guy, plus naturel en somme.
Mais pouvait-elle choisir ? Le devait-elle, seulement ?
Décidément, songea Amy, ces vacances vont être compliquées.

LES COPAINS DE L'ÉTÉ Janet QUIN-HARKIN

« Voyons, Jill ! Si on trouve du travail cet été, on ne va pas continuer à sortir avec les gamins du collège.
– Que veux-tu dire ?...
– Eh bien, je te parie que je décroche cinq *vrais* rendez-vous avant le mois de septembre.
– Cinq ! Pourquoi pas dix ! Et avec ton charme peut-être ? Tina, tu plaisantes !
– D'accord, puisque c'est comme ça, j'aurai mes dix rendez-vous, et avec des garçons intéressants. Tu vas voir ! »

SI JE DANSE AVEC TOI... Jocelyn SAAL

« Polly, tu vas vraiment passer cette audition pour être la doublure de Shirley MacLaine ?
– Tu m'ennuies, Jennyfer. Je voudrais bien savoir ce que tu ferais à ma place !
– Le problème n'est pas là.
– Où est-il alors ? Tu ne cesses de me faire des remarques, des reproches. Je te croyais ma meilleure amie, tu parles !
– Oh ! Pourquoi changes-tu tellement Polly ? Tu n'as jamais été comme ça... seulement... depuis que tu es avec lui... »

QUAND JE PENSE A TOI Jeanette Nobile

Tante Jane marqua un temps avant de commencer : « Harvard organise un cours d'été qui permet aux meilleurs élèves de première d'entrer directement en faculté au mois de septembre.
– Ah, bon ?
– Oui, Francès, et je suis parvenue à t'y inscrire.
– Hein ? Moi ! Mais, ma tante !...
– Il n'y a plus aucun problème, tu commences lundi. »
D'un seul coup, tous mes projets s'effondraient. Plus de vacances, plus de terminale, et surtout... plus jamais je ne pourrais revoir Paul !...

POURQUOI ME DIRE ADIEU ? Margaret BURMAN

« Lisa, fit-il après une longue hésitation, je voudrais que tu portes cette chaîne d'or en gage de notre amour. »
Lawrence eut un sourire timide et se pencha pour nouer le collier autour de mon cou. Je ne pouvais pas y croire...
« Je t'en prie, Lisa, accepte. Je t'aime tant ! »
Un malaise épouvantable m'envahit.
Comment trouver la force de refuser ? Et pourtant, il le fallait, il le fallait !...

COMMENT TE DIRE? Suzanne RAND

Tout à coup, Tim parut nerveux.
« ... À ton avis, Anny, est-ce qu'un garçon peut inviter une fille au bal du lycée, même s'il n'est pas sûr de sa réponse?... »
Il n'osait pas me regarder. Je sentis ma gorge se nouer, mon cœur battre de plus en plus fort. Enfin il venait de franchir la moitié du chemin qui nous séparait...
« Cela dépend qui », répondis-je dans un souffle.
Tim avait relevé la tête.
« Il s'agit de... Marcy Cummings. »
Marcy! Et moi qui croyais que... Je n'avais donc rien compris. Rien!...

UNE FILLE PAS COMME LES AUTRES Anne PARK

En entrant dans le studio, je ne pensais plus qu'à Dennis qui devait être là, perdu dans le public.
Je voulais jouer uniquement pour lui...
Lorsque j'attaquai ma partition, l'archet vola sur les cordes et les notes ruisselèrent comme un torrent.
Je croyais rêver.
Un silence impressionnant marqua la fin de mon solo.
J'avais le cœur serré.
Mr Greeley, le chef, souriait.
« Eh bien, mademoiselle Ashton, dit-il, je vous engage immédiatement comme premier violon de l'orchestre! »

Sweet Dreams

IMPRIMÉ EN FRANCE PAR BRODARD ET TAUPIN
58, rue Jean Bleuzen - Vanves - Usine de La Flèche, 72200
Loi n° 49-956 du 16 juillet 1949 sur les publications destinées à la jeunesse.
Dépôt : juin 1986.